Afscheid

I0622353

François de Pologne

Afscheid

Novelle

Uitgeverij Overvloed

Amsterdam

Omslagillustratie Fia
ISBN 978-90-820782-0-6

Eén

De trein heeft gewacht voor een rood sein en zet zich weer in beweging. Begin te tellen. Hij stopt ergens tussen de 90ste en de 120ste tel voor het eilandperron van Deventer. Nooit precies op 90 of 120. Ik kan het weten, want ik heb het vele malen uitgeprobeerd wanneer ik van mijn werk kwam. Maar ik woon niet meer in dat grote huis dat toen op mij wachtte. De kamers waarin onze kinderen zouden spelen, zijn verhuurd. Lydia had andere plannen. Of ze geloofde niet echt dat ik het meende. Dat ik ons hier met een gezin had gezien. Die eerste keer dat ik in Deventer was geweest en met het pontje de IJssel was overgestoken. Het uitzicht op de IJsselkade vanaf het water en de overtuiging dat we hier gelukkig zouden worden. Wat een hoogmoed!

Ik besluit niet te tellen. Ik besluit ook me niet voor te stellen in welke conditie ik haar straks aantref. Ik besluit me totaal niet voor te bereiden op wat dan ook. Het telt dat ik gekomen ben. Dat ik haar zal bezoeken. Geen enkele overweging verandert dit. Ik besluit dit alles in pakweg anderhalve seconde.

Het is winter. De trein rijdt over de brug over de IJssel. Deventer baadt in het zonlicht en is van een ontstellende, bijna pijnlijke schoonheid. En zo lang al. Er is nu alleen een man met een hond op de licht besneeuwde IJsseloever, waar vanaf de lente groepjes jongeren rondhangen. Die na de eindexamens van samenstelling veranderen. Vanwege de jaarlijkse trek naar de grote steden. Hoeveel generaties eigenlijk? Drie, vier, tien? Ik projecteer er een zoon en zijn vrienden tijdens de zomer. Ze staan er met ontblote bovenlijven bier te drinken, luid te praten en te lachen. Het zou voor hem nu misschien al herinnering zijn; hij zou al een paar jaar in een andere stad studeren. En ik zou weer alleen met Lydia zijn. Welke plannen wilde ze nou verwezenlijken? Wat dacht ze wel?

Rob heeft me af en toe verteld hoe het met haar ging. De lijdensweg van de afgelopen anderhalf jaar. Tenminste als ik ernaar vroeg en dan nog bleef zijn verslag tamelijk summier. En feitelijk.

Hij is niet of nauwelijks te verleiden tot uitspraken over hoe ze over mij denkt. Hij laat me vertellen. Alleen als ik iets veronderstel dat hem te ver gaat, corrigeert hij mij wel eens.

-Ik denk dat ze al een tijdje vreemdging voordat ze het uitmaakte...

Hij kijkt me aan en zegt beslist:

-Dat denk ik niet, François.

Alsof hij het nooit met haar daarover gehad heeft, ook moet gissen, maar het wel zeker weet. Alsof ik dat ook moet weten. Ik weet slechts dat doorvragen zowel mijzelf als hem in verlegenheid zal brengen. En ik houd teveel van hem om hem dat aan te doen. Hij is de enige van onze vrienden met wie we allebei nog contact hebben. Zij het apart.

De laatste keer dat ik hem gesproken heb, heb ik tegen hem gezegd dat ik haar zou willen bezoeken:

-Het is zo raar, Rob. Weet je, het is zes, misschien wel zeven jaar geleden dat ik haar voor het laatst gezien. Ik denk niet eens zo vaak aan haar. Maar ze is springlevend in mijn gedachten. Ze is nooit ziek geworden en we zijn nooit gescheiden. Als ik aan haar denk, dan is het alsof we nog steeds getrouwd zijn en ik zo kan opstaan om de trein naar Deventer te nemen. Ik wil dat niet, begrijp me goed. Ik ben heel tevreden met hoe mijn leven nu is. Ik verlang niet terug naar haar. Sterker nog, als ik tot mij laat doordringen hoe dat werkelijk was, gruw ik ervan. Dan zie ik alleen maar dat ik het nu beter heb. Maar het is de gedachte of misschien de fantasie dat ons leven van toen nog ergens is, dat ik alleen maar een kleine drempel over hoef om het weer te kunnen betreden...

Zoiets als een wc, dat is ook een kamertje in je huis dat je niet voor je plezier opzoekt. Toch is het fijn te weten dat je erheen kunt als dat nodig is. Onze herinnering is een wc.

Ik lach om deze koddige metafoor en kijk naar Rob of die ook lacht. Rob lacht niet, hij kijkt heel serieus:

-Oké, ga door.

-Dat ze aan het doodgaan is, voelt alsof dat afgesloten of afgesneden wordt. Een deel van mij!

Ik lach niet meer.

-Ik wil erheen, Rob. Ik wil haar zo graag nog een keer zien, haar stem horen.

-Waarom ga je niet gewoon?

Tja, waarom ga ik niet? Daar zijn honderd en nog meer redenen voor. Die zijn ineens allemaal irrelevant na deze vraag van Rob. Hij suggereert immers dat het volkomen normaal zou zijn om Lydia te bezoeken. Hij ziet geen bezwaar. Hij kent haar.

Ik heb hem niet meer gevraagd of ik mijn komst op de een of andere manier moet aankondigen. Ik heb niet gevraagd hoe hij denkt dat zij zal reageren. Ik heb daar niet of nauwelijks meer over nagedacht. Ik heb haar niet gebeld.

De trein meert af in Deventer. Het is middag. Er zijn niet veel mensen op het perron. Ik herken niemand. Ik heb hier geen vrienden gemaakt. Ik heb hier nooit iemand goed gekend. Ik ben hier nog net zo'n vreemde als 25 jaar geleden. Een vreemdeling met een missie.

Twee

Tegenwoordig is alles anders dan in de herfst van 1984. Wat een gouden tijd was dat, achteraf gezien. Zelfs voor werkelozen, studenten en andere uitkeringsgerechtigden. Dat ik desalniettemin erin geslaagd was platzak te zijn, mag gelden als een bijzondere prestatie.

Ik was aangekomen in één van die wat grotere plaatjes in de Ardennen, in het Zuiden van België. De brede straat van het station naar het centrum had vrij steil omhoog gelopen. Het centrum zelf was niet veel meer dan een kruispunt van twee provinciale wegen. Het was er aangenaam druk. Veel verkeer dat door het stadje heen moest en bedrijvigheid in winkels die spullen verkochten waarnaar in Nederland wel geen vraag meer was.

De wandeling erheen was gedetailleerd beschreven. Bijna te nauwkeurig of te vrolijk, als een routebeschrijving uit een gids voor toeristen:

Na honderd meter kom je bij een uitspanning. Die heet Le Mouton Blanc. Je kunt er een kop koffie drinken, als je daar zin in hebt. Het is aan te bevelen. Je krijgt bij de koffie een stuk noga. De lekkerste noga van Europa, onze streek staat er bekend om. Links van Le Mouton Blanc is een steegje, dat voorbij de bebouwing een weggetje wordt. De verharding stopt na ongeveer een kilometer. Blijf nu het weggetje volgen, totdat je uitkomt op een driesprong. Daar staat onder een hoge eik een bank. Vanaf dat punt heb je een prachtig uitzicht over het dal, het stadje en de spoorlijn. Enz.

Ik had best zin gehad in koffie of warme chocolademelk. Het was waterkoud en het motregende, zoals meestal in de Ardennen.

Gelukkig regende en woei het niet meer zo hard als toen ik nog in de trein zat. Ik had de wind zien sleuren aan bomen en struiken. Bladeren lieten los en stoven op. Bladeren als luchtbellen die opborrelen langs een duikboot die de diepte ingaat. Nu leek de natuur wat tot rust te zijn gekomen, als op de bodem van de zee.

Maar ik was in Zuid-België, midden jaren tachtig van de vorige eeuw. Een jongeman met een opdracht.

Ik herinner me dat het verder was dan ik geschat had. Ik schat iets langer dan een uur vanaf het centrum naar mijn bestemming, waarmee de hele wandeling vanaf het station tot aan het kasteel zo'n anderhalf uur zal hebben geduurd. Ik droeg twee rugzakken. Een grote met mijn kleren op mijn rug en een kleinere met boeken op mijn borst. En sleepte die last over stijgende en dalende landweggetjes en modderige paden. Mijn voeten werden nat en koud. Mijn schoenen waren van niet al te beste kwaliteit, niet gemaakt voor dit werk. Ze hadden geschreven dat ze me ook wel wilden komen afhalen. Ik had teruggeschreven dat ik niet wist hoe laat ik zou arriveren. Natuurlijk had ik in het stadje een telefooncel kunnen zoeken, maar ik had anders gekozen. Ik hield liever in eigen hand wanneer en hoe ik mijn opwachting maakte.

Ik herinner me dat mijn stemming die ochtend best oké was. Ondanks het negatieve saldo op mijn bankrekening. Ondanks dat ik daarom mijn studie moest onderbreken. Ondanks dat de wandeling tegenviel. En hoewel er ergens een besef was dat ik geen gemakkelijke tijd voor de boeg had. Doch ik realiseerde me ook dat er tot dan toe weinig opzienbarends in mijn leven geschied was. Of het mocht geen naam hebben. En afgezien misschien van die ene maand met Lydia, die alweer een jaar achter mij lag en die min of meer een open einde had gehad. Verder had ik mijn propedeuse wel in één jaar en met goede cijfers gehaald... Ik voelde me een onbeschreven blad, al zal die omschrijving toen niet zo bij mij zijn opgekomen. Of tenminste een blad waarop nog niet zoveel leesbaars of begrijpelijks geschreven stond. Hooguit enkele krabbels, een paar cryptische steekwoorden. Dit blad dorstte naar inkt en tekst...

En terwijl ik dit zo voelde en minder heldere gedachten had die hierop neerkwamen, begon ik aan de laatste afdaling. Ik liep nu door een soort brandgang, met links van mij een dicht sparrenbos en aan mijn rechterhand jonge loofbomen en struikgewas.

Onderaan dat pad ligt ons landgoed. Je ziet eerst in de verte het water van de slotgracht. Iets verderop wordt ook het kasteel zichtbaar.

Er verscheen inderdaad een kasteel aan de overkant van een meertje, dat dus ooit als slotgracht was aangelegd. Het was een klein jacht- of lustslot, zoals aan het eind van de achttiende of het begin van de negentiende eeuw werd gebouwd. Witte muren met grijze hoekstenen, hoge vensters met kleine ramen en drie torentjes, verschillend van vorm en formaat. Links tuindeuren die uitkwamen op een breed bordes met een stenen balustrade, waarvan de trap het water inging. Er brandde licht achter de raampjes in de tuindeuren. Ik voelde vaag een zekere opluchting, dat ik mijn doel voor vandaag bereikt had en dat wat ik zag een belofte in zich droeg.

Maar dan... Ik ben net een poortje in een afbladderend gietijzeren hek gepasseerd en sta op het punt de brede laan te betreden die langs het meer loopt. Er beweegt iets. Het is een krachteloze beweging, nauwelijks een beweging eigenlijk. Maar wel van iets of iemand dat daar niet op zijn plek en dat zwak of in nood is.

En ik richt mijn blik op een paar grote keien rechts voor me, die ten dele in het water liggen en kennelijk een rotspartij voorstellen. Daar boven op zit een elfje!

Het is natuurlijk geen echt elfje, ik weet meteen dat zij het is en dat ze zich verkleed heeft. Ze is klein voor de dertien jaar die ze volgens haar ouders is. Een tenger meisje met lang, stijl, helblond haar en een fijn gelaat dat zo bleek is dat ik me even afvraag of ze ook nog geschminkt is. Ze draagt een wit, dun, bijna doorzichtig elfenpakje, compleet met vleugeltjes met vergulde randen en gouden kroontje. Dit is niet zomaar even uit moeders klerenkast bijeengeraapt. Ik zie bij de eerste oogopslag dat het een kostbaar kostuum is, waarschijnlijk weinig gedragen ook. Maar het is veel te dun voor dit weer. Het motregent nog steeds en het is hooguit een graad of vijf, zes.

Toch lijkt dit het elfje niet te deren. Ze bibbert niet, ik zie zelfs geen ademhaling. Ze zit vrijwel roerloos op die bemoste steen en tuurt in het groene water van de ven. Het enige dat beweegt, zijn de fragiele vleugeltjes op haar rug. Die buigen een beetje mee met het briesje. Ze heeft mij nog niet gezien.

Na al die jaren zie ik het tafereel nog even scherp, alsof ik het gisteren meegemaakt heb. Zo scherp als een foto of als een shot uit een film. Want terwijl zij zo blijft zitten, verandert mijn perspectief. Ik verlaat de laan weer om een stukje over het gazon te lopen en daarna de keien te beklimmen. Ik zie haar eerst van opzij en sta uiteindelijk achter haar. Al die tijd blijft zij zo zitten als ze al zat, bijna als een standbeeld. Behalve dan dat haar vleugeltjes een beetje deinen. Niets wijst er op dat ze me gezien of gehoord heeft. Zo verstard als zij is, zo verstillen mijn gedachten in mijn herinnering. Dat wil zeggen: ik ben handeling, een camera of een cameraman, die opneemt, die de juiste positie zoekt of zoiets. Of anders gezegd: de gedachten flitsen door mijn hoofd, maar niet in een bepaalde volgorde. Ik denk van alles tegelijk, zodat er geen verhaal ontstaat en er geen conclusies worden getrokken. Ik blijf stilstaan op dit punt, waardoor mijn handelen vervolgens onwillekeurig wordt. Of zoiets.

Er is in ieder geval die notie van zonde en noodlot, het besef dat ik verleid ben of verleid word en dit alleen maar verkeerd kan aflopen. Het gevoel of idee dat wat ik zie schoonheid is en dat die schoonheid door mijn aanraking zal worden vernietigd. Dat dit hoe dan ook zal gebeuren, wat ik ook doe. Er is ook simpele verontwaardiging. Voorstelbare maar ook onredelijke verontwaardiging. Het zijn onverantwoordelijke ouders die een ziek kind met dit weer zo naar buiten laten gaan. En zij vraagt erom: ik kan potverdorie door de dunne stof haar prille borstjes zien. Dat is geen manier om mij te verwelkomen! Of misschien is vertwijfeling een beter woord. Ergens weet ik dat er iets heel erg mis is. Dat ik hier niet wil zijn en niet thuishoor. Dat ik tegenover krachten sta waartegen ik niet opgewassen ben. Ik vrees haar reactie op enig teken van leven van mijn kant... Er komt aldus geen antwoord op de vraag of en hoe ik mijn aanwezigheid het best kenbaar maak.

Ik raak haar schouder aan. Ik zeg:

-Hallo...

Onverwacht snel is ze opgestaan. Ik heb heel even haar blik gezien. Niet bang, eerder verstoord. Daarna is ze weggevlucht, met lichte, snelle, elegante sprongetjes, zoals elfjes doen. Haar voeten leken de grond nauwelijks te raken. Ze heeft niks teruggezegd.

Ik had geen keuze. Ik had geen geld voor de trein terug.

Drie

Ze zit op de rand van het bed met haar rug naar mij toe
wanneer ik binnenkom. Ze kijkt neer op hem. Hij zit op
een stoel tegenover haar. Ze heeft me niet horen
binnenkomen.

Ze praten zacht met elkaar. Of nee, zij spreekt en hij
luistert. Hij heeft gezien dat ik er ben. Onze blikken
kruisen elkaar over haar schouder. Hij zegt niks.

Haar haar is dun en dof en ze is sterk vermagerd. Het
nog niet nader te omschrijven kleurige gewaad dat ze
aan heeft, lijkt een aantal maten te groot. Alsof ze een
meisje is dat een jurk van haar moeder aangetrokken
heeft. Maar ze is geen kind meer, ze is een vrouw van
middelbare leeftijd die door chemo's voortijdig
verouderd is. Ze heeft nu dezelfde lichaamshouding als
die ik destijds bij haar moeder gezien heb. De rug wel
recht, maar de nek gekromd. Aan de oude, trotse Lydia
herinnert voorlopig alleen haar stem, die ik hoor maar
niet kan verstaan.

Die man. Hij zegt niks. Hij groet me niet. Hij geeft geen
knipoog of zoiets. Hij heeft zijn ogen weer op haar

gericht zonder een seintje te geven. Nu luistert hij met al zijn aandacht alsof er niemand anders in deze ruimte is.

Ik ken hem niet. Ik weet niet wat hem beweegt. Zou ik hem op straat tegengekomen zijn, ik zou geen moment geïnteresseerd geweest zijn. Zou hij mij hebben aangesproken, ik zou het gesprek zo kort mogelijk gehouden hebben. Ik kan me niet voorstellen dat hij me iets te melden heeft. Iets van enig belang of waarde. Allemaal meepraterij en anders wel doorzichtige grootspraak. Hij kan goed dansen, maar er valt hier niet veel te dansen. Hij zou heel lief zijn, maar klaplopers zijn vaak heel lief. Ik heb geen idee wat zij in hem ziet, wat hij hier moet en waarom hij onze begroeting nu weer bemoeilijkt. Onbeschoftheid? Waarschijnlijk niet. Ik kan niet anders zeggen dan dat hij mij steeds vriendelijk bejegend heeft. Naar vermogen dan. Uitgezonderd die eerste keer toen hij de deur van ons huis opendeed vlak nadat het uit was. Met die grijns van: "Zo, dit is nu van mij". Later was hij af en toe wat kort van stof. Misschien begrijpelijk omdat ik dan geamuseerd over de heg naar hem keek. Hij zwoegend in haar tuin.

-Veel werk zeker? spotte ik, suggererend dat ze mij nooit zover had gekregen. En het is waar dat hij in die paar jaar meer karweitjes in en om haar huis heeft opgeknapt dan ik in pakweg twintig. Maar goed, hij had er de tijd voor. Hij was toen meestal werkeloos. Hij leefde grotendeels op haar kosten. Het deed me goed dat hij van het innemen van mijn plek behalve lusten toch ook onvoorziene lasten had.

-Hoi Lydia, zeg ik, naderbij komend.

Ze draait zich om, met moeite. Ze lacht naar me. De man blijft zitten, geen enigszins te duiden uitdrukking op zijn gezicht. Straks moet ik nog het initiatief nemen om hem goedendag te zeggen.

-Hoi François, zegt Lydia en lacht met haar tere, smalle gezichtje. Ingevallen wangen, teruggetrokken tandvlees. Ze nadert het einde.

Ik loop om het bed heen, zij wendt haar lichaam met mij mee. Ik wurm me tussen de man, die nog steeds niet opgestaan is, en het bed, pak haar schouders en kus haar wangen vlakbij de mondhoeken. Ik ruik haar bedorven adem. Ik wil haar niet anders kussen. Zo zijn we opgevoed, zo hebben we het altijd gedaan.

-Hoe gaat het met je? vraag ik.

-Och, het gaat wel... Zeg je George geen goedendag?

Ze corrigeert me, alsof ik degene ben die hier onbeleefd en arrogant is. Geen punt. Ik draai me om, wat nog enige moeite kost omdat zowel de benen van Lydia als die van de man in de weg zitten. Die van haar nauwelijks overigens; ze zijn heel mager en wegen niks meer. En ik steek in deze ongemakkelijke positie mijn hand uit.

-Hai George.

Zijn witte tanden ontbloten zich. Deze grijns blijft iets dierlijks houden, schaapachtig. Of zonder sch?

-Ha.

Aangezien het gesprek met hem geen gunstige prognose heeft, stap ik tussen de benen uit en plof neer op de lege stoel naast hem.

-Het gaat eigenlijk beter dan je misschien denkt, zegt ze dan, op niet onaardige, maar toch een beetje belerende toon. Het is duidelijk dat de aanwezigen nog bitter weinig weten van hoe het voelt om kanker te hebben en dood te gaan. Zij zal ons er zo meteen over onderrichten.

-De misselijkheid is het ergste. De pijn valt mee. En als het te erg wordt, mag ik meer van dit. Ze wijst naar het zakje dat aan een standaard naast haar bed hangt. Het slangetje gaat naar haar arm.

-Dat is lekker. Als de dosering verhoogd wordt, is het net alsof er een warme golf over je lichaam slaat. Alsof je bedekt wordt met een zachte mantel.

-Hoe is het met jou? Moet je niet werken?

-Nee, zeg ik, ik heb een poosje vrij genomen.

-Oh, waarom? vraagt ze, maar ze vreest misschien het antwoord.

De ogen van de pipo naast me begrijpen er niets van.

-Ik was toe aan een wat langere vakantie, tijd voor mezelf, lieg ik.

-Zeker om een roman te schrijven?

-Om er één af te maken...

-Ga je hierover schrijven?

-Ja, pas maar op je woorden...

Je laatste woorden, heb ik bijna gezegd, hoewel ik weet dat de kans klein is dat je zulke gedachten ook uitspreekt. Je verspreekt je niet, tenzij je dat eigenlijk wel wilt. In dit geval wilde ik het niet, echt niet. Je maakt geen grapjes met je stervende ex-vrouw over haar aanstaande dood.

-Ik blijf de komende dagen nog in Deventer.

-Ik word duizelig, ik moet even gaan liggen, zucht ze.

Ik heb een twinkeling in haar ogen gezien voordat ze die gesloten heeft. De man is omhoog gekomen om haar benen in bed te tillen en toe te dekken. Haar hoofd ligt op een stapel kussens, haar lippen zijn droog.

-Wil je iets te drinken? vraag ik.

-Nee, ik hoef niks, antwoordt zij.

Nu is het alsof de man een blik van verstandhouding
met me wisselt of wil wisselen. Ik sta dat niet toe. Heeft
ze besloten om niet meer te drinken? Haar stem klinkt
alsof ze een hele droge mond heeft. Ze smakt ook een
beetje.

Ik besluit toch naar hem te knikken. Ze lijken opeens zo
alleen. Maar het is te laat, hij kijkt alweer naar de deken.
Mijn poging tot een blijk van mededogen is vergeefs.
Onder de deken liggen haar benen als de stokken van
een tent die nog moet worden opgezet.

-Waar slaap je dan?

-In hotel Royal.

-Niks voor jou, dat heeft geen enkele ster.

-Nee, maar ik heb er wel altijd eens willen logeren.

-Is het in orde?

-Ik zou het niet weten; ik ben er nog niet geweest. Ik
moet nog inchecken.

De man murmelt iets dat ik niet versta.

-Hij moet weg, verduidelijkt Lydia.

Natuurlijk, denk ik, hij moet de planten water geven. De man omarmt en zoent haar intussen. Ik bekijk dit tafereel nieuwsgierig, maar er valt niets bijzonders over op te merken. Zijn omarming van haar frêle schouders is voorzichtig, niet overmatig teder of zakelijk. Het duurt te lang noch te kort. Als hij klaar is, zwaait hij nog even naar mij en verlaat de ziekenhuiskamer.

-Ik zie je, roep ik hem na bij wijze van tot weerziens en tevens als waarschuwing dat hij nog niet van me af is. Het lijkt alsof hij dit niet hoort.

Lydia ligt een tijdje met gesloten ogen. Ze slaapt niet. Ik slaap niet. We zijn wakker in het Deventer ziekenhuis en zij is aan het doodgaan. We zullen niet meer lang samen wakker kunnen zijn.

Een vloed herinneringen komt onverwacht. Ik zie ons klaarwakker op uiteenlopende momenten van ons gemeenschappelijke leven... Die nacht toen zij twintig was en ik negentien, toen ik niet durfde te slapen omdat ik niets wilde missen, omdat ik steeds zeker wilde weten of ze nog naast me lag. Alsof inslapen betekende dat ik uit deze droom zou ontwaken. Het lukte haar niet de slaap te vatten omdat ik zo onrustig was, maar ze nam me dat niet kwalijk... En de nacht van haar 22ste verjaardag, toen we met zijn drieën in haar bed lagen en ik haar de liefde verklaarde om die ander voor te zijn...

De nacht die we doorwaakten omdat we hadden besloten om te scheiden.

-Blijf je hier vanwege mij? vraagt ze ineens. Haar ogen blijven dicht. Ze klinkt rustig. Het is onduidelijk of deze vraag zojuist bij haar is opgekomen of dat ze er een tijdje op gebroed heeft.

-Ook, zeg ik. Terwijl ik mezelf uitscheld in gedachten. Wat nou ook? Lafaard! Ik ben hier om geen andere reden dan ooit. Ik wil niets missen van deze laatste dagen van haar leven, ik wil haar niet alleen, in de armen van een vreemde laten sterven. Ik ga niet meer weg. Nooit meer. Maar ik ben te bang dat ze me niet nodig heeft, dat ze me wegstuurt. En als ze dat doet, moet ik die wens respecteren.

Ze kucht.

-Kom je me vaak opzoeken?

-Iedere dag...

-Iedere dag als je dat goed vindt.

-Kijk dan een beetje uit met George. Die is heel jaloers. Hij zal het niet snappen. Als je nou 's ochtends langskomt, dan ontloop je hem.

Ze zegt het allemaal met gesloten ogen, heel kalm, zonder veel intonatie, alsof het de normaalste zaak van de wereld is. Waarvoor ik haar oneindig dankbaar ben.

Het is niet alleen dat ze me toestemming geeft om te blijven en haar te bezoeken, maar ook dat ze dit zo doet. Ik herken haar in dat uitgemergelde lichaam dat daar ligt, dit is Lydia ten voeten uit! Die gaat nog vreemd op haar sterfbed. Het is alsof we helemaal nooit gescheiden zijn. Alles is zoals het altijd geweest is of had kunnen worden.

Vier

We bevonden ons in de ruimte die min of meer als huiskamer werd beschouwd en gebruikt maar die eerder een zaal dan een kamer was. We zaten aan de ene kant van die zaal, in een comfortabel bankstel dat om een zwaar tapijt en een open haard gegroepeerd was. Zwakker wordend daglicht viel binnen door de tuindeuren die uitzagen op het bordes en het herfstige bos. Aan de andere kant van de zaal stonden een aantal kamerschermen of beschilderde panelen in het schemerdonker. Ze reikten tot aan de houten balken onder het plafond en leken vanaf een afstand een soort doolhof met meerdere kleinere en grotere ingangen...

Ik had er wel heen willen lopen om de voorstellingen beter te bekijken en ertussen te verdwalen, maar het was zo dat ik eerder ergens had besloten om te doen alsof alles wat ik te zien zou krijgen de normaalste zaak van de wereld was. Voor de man van de wereld die ik niet was...

Maar haar vader wel! Hij was een man van eind dertig of begin veertig, met zwarte krullen en een gebruind gelaat met fijne trekken, een spitse neus en smalle lippen. Hij was slank, oogde sportief in zijn zwarte coltrui en goed zittende jeans met brede pijpen die toen in de mode waren. Hij was misschien een decimeter kleiner dan ik en had daarmee precies de wenselijke lengte voor een man zijn generatie... Het was een man die een mij vreemde combinatie van welzijn en rusteloosheid uitstraalde, wiens donkere ogen steeds op zoek leken, net als zijn handen en eigenlijk zijn hele lichaam. Hij zat het grootste deel van het kennismakingsgesprek schijnbaar ontspannen in zijn fauteuil, bedachtzaam de zinnen formulerend waarmee hij zijn boodschap wilde overbrengen. Maar als hij even zweeg, was voelbaar hoe hij met die schrandere ogen alles aan mijn reactie peilde en woog, niet alleen wat ik feitelijk terugzei maar ook wat er kon worden afgelezen aan mijn gezichtsuitdrukking, mijn gebaren, mijn kleding. Toch was het een andere belangstelling dan die je zou verwachten bij een ouder die een sollicitatiegesprek afneemt bij de beoogde huisleraar van zijn doodzieke dochter. De modder op mijn schoeisel ontsnapte niet aan deze scherpe observatie, die echter niet leek te oordelen en verder gauw verveeld leek. Steeds leek zijn blik weinig van belang te detecteren als het ging om mijn persoon. En dwaalde hij weer door de ruimte, waarbij hij kon constateren dat het vuur in de haard diende te worden verzorgd. Dan sprong hij ineens op om hout te pakken en onderwijl zijn relaas te onderbreken om met ons zijn zorg te delen of de schoorsteen wel goed trok. Er was ooit brand in die schoorsteen geweest, nadat ze er kleppen in hadden laten aanbrengen. En de verse lucht werd aangezogen door een kanaal onder de granieten vloer. Hij wees ernaar met de pook... Informatie die mij nauwelijks interesseerde maar die even goed een welkome afwisseling met het belangrijkste gespreksonderwerp vormde. Dat immers hun aanstaande vertrek en de ongeneeslijke ziekte van hun dochter was. Op wie hij totaal niet leek.

Daarentegen waren moeder en dochter twee druppels water. De moeder was gaan zitten in de fauteuil die het verst van mij af stond. De benen opgetrokken onder zich. Ze zou de hele middag en avond verder weinig zeggen. Ik durfde haar slechts terloops aan te kijken, want ze was werkelijk zo'n zeldzame, breekbare schoonheid dat ik vreesde dat alleen al mijn blik haar zou bezoedelen. Ze had in de verte iets van Catherine Deneuve: lange, blonde haren en een tijdloos, expressief gezicht dat desalniettemin weinig uitdrukte dat meteen kon worden begrepen. Anders dan een weten en lijden dat gedragen moest worden... Hoe dan ook heb ik haar in gedachten in alle mogelijke posities genomen, zeker gedurende de periode op het kasteel en ook nog vele jaren daarna. In mijn fantasie kwam zij dan mijn bediendekamer op, ten prooi aan een allesverzengende lust naar mijn jonge lichaam. Schuldgevoel en diepe dankbaarheid dichtte ik haar toe in die zoete dromen. Waarin ik haar heb leeggezogen, over de knie gelegd en mijn geslacht tussen haar bloedeloze lippen en blanke billen heb geperst. Ze had gelijk dat ze op gepaste afstand van mij had plaatsgenomen en dat ze haar rok zo devoot over haar knieën trok; deze jongeman voelde het bloed naar zijn lendenen stromen ofschoon er geen frivole kwestie op de agenda stond...

De vader had het gesprek nog zo voortvarend geopend:

-Dus jij komt op onze Belle passen?

Natuurlijk heette het elfje Belle. Ik gluurde van onder mijn wimpers naar de Belle de Jour die met een hand de stof van de rok op haar bovenbeen gladstreek. Ik kende mijn klassieken als Franse speelfilms ter sprake kwamen.

-Weet je wel wat je te wachten staat?

-Ik hoef haar toch alleen maar les te geven?

-Ja, dat is je belangrijkste taak. Maar als wij weg zijn, ben je hier alleen met Elske, de huishoudster, en Eric, onze tuinman. Je zult misschien wel de meeste tijd met Belle doorbrengen. Daarbij zul je ook worden geconfronteerd met haar ziekte en crises...

Elske schoof intussen tussen moeder en mij met een dienblad met daarop koffie, noga en bonbons. Ze zag eruit zoals je zou verwachten van een Vlaamse die de vijftig ruimschoots gepasseerd is. Voller dan volslank, tot de nok toe dichtgeknoopt en verder blakend van goedertierenheid. Elske was overigens een Waalse, zo zou ik naderhand ontdekken. Ze glimlachte vriendelijk naar me, maar ook met gepaste achterdocht. Een achterdocht die ik bij de ouders verwacht had, maar waarvan die dus niet of nauwelijks blijk gaven. Want de vader leek vooral voor ogen te hebben wat hij me wilde vertellen en in veel mindere mate of ik wel gekwalificeerd was. En de moeder... Die had het te druk met haar geile afwezigheid, waarin ze geheel leek op te gaan.

-Zal ik je eerst maar eens vertellen wat er met haar aan de hand is? vroeg hij nog. Het klonk als een tamelijk plichtmatig tussenzinnetje. Meer dan een knikje van mij had hij niet nodig om verder te gaan.

De ouders waren wereldberoemde kunstenaars. Ze ontwierpen en bouwden decors voor opera's en grote theatervoorstellingen. Ze vormden een team en konden niet zonder elkaar: hij ontwierp en bouwde, zij deed het schilderwerk. Maar vanwege de ziekte van Belle hadden ze al een tijd niet meer gewerkt. Dat kon zo niet doorgaan. Ze werden nu nog gevraagd, maar:

-Als je er eenmaal uit bent, kom je er niet meer tussen, zo zei de vader.

Daarom hadden ze nu toch weer een opdracht aanvaard, al was Belle ernstig ziek. Ze moesten ervoor naar New York, zouden daar in ieder geval langer dan een half jaar blijven. Belle zou overlijden aan haar ziekte, maar wanneer dat zou gebeuren was niet te voorspellen. Ik moest begrijpen dat ze niet wilden gaan, dat ze liever bij Belle bleven, ook al omdat de ziekte van Belle in aanvallen verliep en het mogelijk was dat ze zo'n aanval niet zou overleven. Maar zonder werk overleeft niemand het...

Overigens zag ik Belle pas de volgende dag weer. We hebben met geen woord gerept over onze eerste ontmoeting.

Vijf

Het is een grijze ochtend en Lydia is stervende. Maar het kan altijd nog erger, zo blijkt wanneer ik Lydia's kamer betreedt. Recht tegenover me, achter haar bed leunt tegen de vensterbank haar broer. Hij heeft mij ook meteen herkend en legt een vinger op zijn lip. Ik zie het: Lydia slaapt...

Ik gun ieder mens dat hij het middelpunt van zijn wereld is. En het is met dat recht dat ik mezelf midden op een continuüm plaats, zodat de mensen die superieur aan mij zijn aan mijn rechterhand kunnen plaatsnemen. Ze zijn beter, edeler, mooier, intelligenter dan ik. Ik zou met hen willen kennismaken en spreken, tot hen willen behoren. Welnu, de plek van Lydia's broer Paul is dan aan mijn linkerhand, helemaal aan het uiteinde van de bank aan die kant.

Hij heeft geen moment in zijn leven zelfs maar het begin van aantrekkingskracht gehad. Als kind niet, als jongeman niet en zeker nu niet. Hij is klein en gezet en sinds mensenheugenis kaal. Foto's en filmpjes van hem als jongeman laten zien dat hij toen reeds zijn blonde haren aan het verliezen was. Behalve dan achter zijn oren en op zijn achterhoofd, waar hij het restant consequent net iets te lang laat uitgroeien. Een gedrongen kereltje met een kale knikker en een vlassig snorretje, die niets staat. Ik bedoel, ik heb hem gezien in alle soorten kleren van T-shirt met jeans tot smoking, maar niks zat hem goed. Hij heeft geen idee wat bij hem past en het is ook moeilijk je hem enigszins gekleed voor stellen.

Paul is misschien niet dom, maar heeft zeker geen intelligente uitstraling en daarbij de psychologie van een miskend kind. Kom je met hem in gesprek, dan kan hij zomaar ineens zijn stem verheffen. Om te oreren over het een of ander dat verder niemand interesseert. Een vorm van uitwisseling is dan niet mogelijk. Hij houdt geen contact met zijn gesprekspartner, kijkt over je schouder terwijl hij doorraast. Het slachtoffer kan weinig anders dan bevestigend knikken en beamen. Weinigen bedenken dat je ook weg kunt lopen. Ik heb dat wel eens gedaan, midden in zo'n betoog. Hij heeft me toen niet teruggeroepen of later erop aangesproken. Hij heeft me het ook nooit op een andere manier euvel geduid. Maar we zijn geen vrienden geworden. Hij mag me niet, zonder een reden te hebben om mij te haten. En dat is wederzijds. We hebben elkaar destijds getolereerd en niet meer dan dat.

Als er iets is dat nog enigszins interessant of grappig aan hem is, dan is het wel zijn overlevingsinstinct als kleine zakenman. Ondanks maar liefst twee faillissementen hield en houdt hij het hoofd boven water, als het leeuwtje in het wapen van Zeeland. Eerst had hij het bedrijf van hun ouders overgenomen en over de kling gejaagd. En vervolgens had hij er tien jaar over gedaan om een tweede bedrijf van de grond te krijgen en weer om zeep te helpen. Al die tijd had hij op de een of andere manier het grote eigen terrein en de loodsen van zijn ouders buiten de faillissementen weten te houden. Het bleek op een gewilde plek te liggen, zodat hij nu waarschijnlijk nog steeds leeft van de opbrengst van de verhuur van dit complex. Dit aangevuld met onregelmatige inkomsten uit handel in zaken die hij noch iemand anders onder één noemer kan brengen. De laatste keer dat ik hem heb gezien, reed hij in een weliswaar foeilelijke, maar vrij nieuwe zilvergrijze Mercedes. Ik hoorde dat hij hem niet gekocht maar "geruild" had. Onduidelijk bleef waartegen. Ik heb het hem niet gevraagd. Want voor zover zijn wederwaardigheden als ondernemer wel mijn belangstelling wekten, ik vernam en verneem die liever van anderen dan van hem zelf.

Als Paul een mop vertelt, doet hij veel te lang over de aankondiging alleen al. En hij houdt van moppen tappen. Hij gaat op zijn tenen staan en begint zenuwachtig te knipperen met zijn ogen van voorpret. Omstanders die hem kennen, weten: er is een bak in aantocht. Je kunt er nog tussen uit knijpen. Want als het eindelijk zover is dat hij begint, is er geen ontkomen meer aan. Hij toetert in je oren als luidsprekers op een popconcert. En dan zijn gewoonte om zelf uit te barsten in lachen, terwijl zijn publiek nog geen kans gezien heeft om te snappen wat er nou zo grappig is...

Paul staart me aan, nu met de armen over elkaar. Zijn stuurse blik verraadt dat hij vandaag niet in de stemming is voor grappen. Dezelfde blik verhindert dat ik me over Lydia buig, haar aanraak of een zoen op haar voorhoofd geef. Dat ik haar wakker kus en zij haar ogen opslaat. Paul kent de geschiedenis. Hij zou deze gebaren ongepast kunnen vinden. Hoewel er geen oordeel van zijn gezicht af te lezen valt. Hij verroert geen vin, terwijl ik nader.

En Lydia ligt daar maar. Ze ziet er slechter uit dan gisteren. Het is alsof ze vannacht weer een paar kilo is afgevallen. Ingevallen wangen, dunne slierten haar langs dat smalle gezicht. Het is alsof er 's nachts een parasiet langskomt om zich te laven aan haar levenssappen. Een of ander groot insect dat haar stukje bij beetje leegzuigt. Misschien komt het doordat er nu geen mimiek is dat ik die indruk heb. Of doordat ze geen kans gehad heeft om zich op te maken. Haar huid is vaal. Het verbleekte bruin van iemand die gewend is lang en veel te zonnen maar nu een zomer heeft moeten overslaan.

Ze hield zo van de zon. Als we op vakantie gingen, stopten we pas wanneer de zon begon te schijnen. Het kon haar niet warm genoeg zijn. Het liefst bloedheet, dan was ze in haar element. Ik weet het aan haar zuidelijk temperament. Ik maande haar steeds op te passen dat ze niet verbrandde.

-Lydia, kom toch bij me in de schaduw zitten.

Maar ze wuifde dat ik niet zo moest zeuren, legde het boek naast zich neer en sloot de ogen.

Ze ligt in een houding die ongemakkelijk aandoet. Haar hoofd half gedraaid, scheef op het kussen. Haar verder rustige ademhaling ruist een beetje. Misschien dat ik haar met een kus zou wekken als Paul er niet was.

Paul is er wel en dwarsboomt met zijn aanwezigheid alle snelle besluitvorming. Ik sta aan de rand van haar bed, de handen op de stalen buis aan de zijkant, die dus omhoog geklapt is. Alsof ze er uit kan vallen. Ik besteed zinloos veel tijd aan het vinden van de juiste pose. Ik verander het zwaartepunt van boven het ene been naar boven het andere. Ik kijk Paul even aan en kijk dan weer naar Lydia. Ik bedenk op een bepaald moment dat ik mijn jas nog aan heb en neem de tijd om die uit te trekken en over een stoel te draperen. Om onvermijdelijk uit te komen bij mijn favoriete hobby voor deze en verwante gelegenheden: ik ga na hoe mijn lichaam reageert. En stel vast dat ik het te warm noch te koud heb, dat ik niet benauwd ben en mijn hartslag nauwelijks waar te nemen is. Kortom, met mijn lichaam is niks mis. Ik kan dit nog wel een poosje volhouden.

Aldus door mijzelf in beslag genomen wordt duidelijk dat er intussen één ding wel is besloten. Dat is dat ik niet als eerste iets zal zeggen. En ik stel vast dat dit een volstrekt ridicule, om niet te zeggen zieke wedstrijd is, die, om te beginnen, wel eens uitsluitend in mijn hoofd zou kunnen plaatsvinden. Ik heb geen idee of Paul meedoet. Die mij blijft aankijken met zijn armen over elkaar.

Snelle beslissingen zijn de beste. Alles waarover ik langer nadenk wordt op de een of andere manier halfslachtig en mist scherpte. Er is sinds mijn binnenkomst zeker een half uur verstreken wanneer ik alsnog in actie kom. Ik pak de bovenkant van de deken met beide handen, trek die wat omhoog en laat los. Het zou kunnen doorgaan voor een poging om haar beter toe te dekken... Een loos gebaar zonder nut of effect. Lydia zal het er zeker niet warmer of comfortabeler van hebben gekregen. Ze ontwaakt niet. Lydia slaapt, ze is nog niet dood.

Even later maakt, God zij dank, al weet ik dat God hier toch echt met een lantaarntje te zoeken is, Paul een einde aan deze komedie, die allesbehalve komisch is. Ik zie eerst een kleine verandering van gezichtsuitdrukking en dan dat hij plaatsmaakt voor de regenwolken achter hem. Paul loopt om het voeteneind van het bed, trekt met duim en wijsvinger aan mijn mouw en zegt keihard:

-Kom!

De wolken op de achtergrond knijpen samen. De kamer rilt. De man kan dus niet fluisteren. Zelfs Lydia lijkt het niet te ontgaan. Het lijkt alsof er een beweging is onder haar oogleden. Het lijkt zelfs even of ze haar wenkbrauwen fronst. Maar haar ogen openen zich niet. Ze slaapt. Ze is nog niet dood. En ik ben het willoze slachtoffer van haar broer, die tienduizend keer meer recht heeft om hier te zijn dan ik. Die het nu dus voor het zeggen heeft en mij zomaar aan mijn mouw mag wegvoeren. Ik zou werkelijk nooit, onder geen beding me ook maar iets hebben aangetrokken van welke ingeving dan ook van deze totale nitwit.

Lafaard! Ik moet helemaal niks. Ik kan zeggen:

-Nee, ik blijf hier.

Ik hoef niet eens iets te zeggen, ik kan hem ook negeren. Net doen alsof hij er niet is, alsof hij niet bestaat en nooit bestaan heeft. Ik kan schreeuwen om hulp of de kamer verbouwen. Dat behoort allemaal tot de mogelijkheden. In plaats daarvan laat ik me meesleuren door deze dwerg. Naar de gang, waar hij constateert:

-Ik hoorde dat je gistermiddag ook hier was...

-Ja...

Het is wachten op de vervolgvraag waarmee hij mij ter verantwoording roept. Wat ik dan kom doen of zoiets. Of anders wel op een af- of goedkeuring. Een uitspraak als:

-Het is goed dat je er bent.

Doch voor zover Paul over mijn aanwezigheid een vraag of een oordeel heeft, hij laat het niet blijken. Hij zwijgt even. En Lydia, die is onder ons noch onder de doden. Ze zweeft ergens daartussen, in de kamer die we net hebben verlaten. Misschien dat Paul werkelijk niks vindt, dat hij, net als vroeger, mijn verschijning ten tonele aanvaardt als een gegeven dat onveranderbaar is en waarmee je nu eenmaal rekening te houden hebt. Zoals zoveel andere gebeurtenissen in zijn leven...

-Ze is toen nog bij bewustzijn geweest.

Hij pauzeert weer even, kijkt weg. Ik zie dat hij op zijn onderlip bijt.

-Ze hebben de dosering van de morfine gisteravond verhoogd... De dokter zegt dat het de vraag is of ze nog bijkomt... Ze zeggen dat het niet meer lang duurt...

-Heb je nog de kans gehad om haar te spreken?

-Nee, ik ben vandaag pas aangekomen... Wat heeft ze tegen jou gezegd?

-Niet zoveel, we hebben wat over ditjes en datjes gekeuveld. Ze zei dat de pijn goed te reguleren was.

-George zegt dat ze het gisteravond uitschreeuwde. Ze moesten er iets aan doen...

En opeens is daar dat golfje. Het omspoelt, verwarmt en ontspant me. Het maakt me weerloos. Maar het is geen morfine, het is mededogen. De lieve God stuurt me een golfje mededogen. Met Lydia die mogelijk al veel pijn voelde toen ik gisteren bij haar was, maar die zich ingehouden heeft. Het beeld van haar dat ze het uitschreeuwt van de pijn is moeilijk te bevatten. Ik heb haar zo nooit gezien. En met deze goedwillende kabouter. Die zijn oudere zuster altijd op handen gedragen heeft, die voor haar door het vuur zou zijn gegaan. Die nooit de kans gekregen heeft om dat te tonen. En die gekomen is om haar gedag te zeggen, doch beseft dat hij waarschijnlijk te laat is.

Ik zeg dingen die bijzonder onhandig klinken. Hele leugens en halve waarheden die geruststellend bedoeld zijn. Ik probeer hem te troosten. Ik vraag hoe laat de man verwacht wordt. Dat is rond een uur of zes. Ik stel voor dat Paul en ik dan samen eten. We spreken af.

Zes

Er zat nauwelijks regelmaat in de aanvallen van haar ziekte. Er kon zomaar een maand verstrijken zonder duidelijke symptomen, maar ze kon ook de helft van de maand bedlegerig zijn. Ze kon een week lang zo ziek zijn dat we vreesden voor haar leven, maar ook een nacht en een dag "wat zwakjes" zijn. Wel zo zwak dat ze niet op haar benen kon staan - doch afgezien van het overgeven volkomen aanspreekbaar. We voerden gesprekken over een ander onderwerp terwijl ze tussendoor braakte in een emmer of teiltje naast haar bed. Ze kon tussen de aanvallen bijna helemaal herstellen, zodat ze de trap naar de torenkamer weer kon beklimmen, waar het onderwijs plaatsvond. Het kon ook gebeuren dat ze zwak bleef en na een paar dagen de volgende aanval zich aandiende. We zagen wel geleidelijk haar algehele conditie verslechteren. Ze werd steeds magerder en bleker en moest ook op goede dagen steeds vaker rusten.

Het enige patroon was dat de aanvallen steevast 's avonds begonnen. Ze klaagde dan na het avondeten over misselijkheid of zei:

-Het is er weer.

En wij wisten dat het zaak was haar zo snel mogelijk in bed te krijgen, al wilde ze dat meestal niet.

-Het gaat wel, zei ze. Of:

-Nog eventjes.

Alhoewel ze heel goed wist dat ze een uur later naar bed moest worden gedragen. Als ze zonder aandringen ging, voorspelde dat weinig goeds voor de nacht.

-Het is een klassieke ziekte, had haar vader gezegd. Haar moeder had haar benen verder onder zich getrokken...

-Die verloopt zoals ernstige ziekten vroeger verliepen. Zo'n ziekte heeft onze dochter nu. Met crises waarna een geheel of gedeeltelijk herstel optreedt. Dat altijd tijdelijk is. Je weet nooit wanneer de volgende crisis komt en hoe ernstig die zal zijn... of ze die ook zal overleven. Genezing is onmogelijk. Het enige dat je kunt doen is, is afwachten en opletten dat ze voldoende rust neemt. Er is palliatieve medicatie voor de aanvallen. Maar ze zal uiteindelijk eraan doodgaan.

Het woord "palliatief" was nieuw voor mij. Ik moest vragen naar de betekenis. Verder was dit een vader die er geen doekjes omwond. Hij keek de dood recht in de ogen, die van zijn dochter wel te verstaan.

De nachten waren het ergste. Bij minder ernstige aanvallen bleef het bij verhoging en overgeven. Tijdens een ernstige aanval kon ze in een paar uur hoge koorts krijgen. Ze bleef dan maar kokhalzen, totdat er niks meer kwam en haar tengere lichaam een en al spasmen was. Ze kon in een soort schemertoestand raken, waarin ze wild met haar hoofd bonkte, maaide met haar ledematen en onbegrijpelijke taal uitsloeg.

Het duurde niet lang of Elske betrok me bij de verzorging van Belle. Die eerste keer omdat ze twijfelde of de huisarts moest worden gebeld. Maar hoe moest ik dat weten? Ik zag slechts een bezweet meisjeslichaam in verfomfaaid beddengoed. Wilde ogen die niks zagen en schuim op haar lippen. Elske keek hulpeloos naar mij. Maar die had dit potverdorie toch al vaker meegemaakt? Ik besloot het zekere voor het onzekere te nemen.

Waarom Elske zo'n punt had gemaakt van de huisarts oproepen bleek gauw nadat die was gearriveerd. Monsieur le docteur was een man van over de zestig, die niet blij was dat zijn nachtrust was verstoord door "ut meiske". Hij was mogelijk wel een goede arts, maar eentje die het punt voorbij was dat hij begrip kon opbrengen voor wat in zijn ogen onnodige vragen en irreële angsten waren. Hij hield het bij een korzelige anamnese: Hadden we dit gedaan? Hadden we dat gedaan? Om te constateren dat we Belle simpelweg een injectie hadden kunnen geven. De volgende keer eerst een spuit voordat je hem belde dus.

-Ah, u bent zeker de leraar? Je vous l'expliquerai, eh... Ik doe voor hoe het moet.

Ik kreeg een even snelle als achteloze demonstratie.

-Maakt u zich niet druk. Ze sterft niet vannacht, zei hij op de drempel.

Een twijfelachtige geruststelling, die tevens duidelijk maakte dat hij uitsluitend voor het moment suprême wilde worden opgetrommeld, geen minuut eerder of later.

Elske haalde me steeds vaker erbij als er een beslissing moest worden genomen, als zij de wanhoop nabij of uitgeput was. Ik was een gemakkelijker prooi dan Eric, die wel ervoor zorgde vanaf het avondeten in geen velden of wegen te bekennen te zijn. Hij woonde ook niet in het kasteel, maar in een bijgebouwtje, ergens aan de rand van het landgoed. En zoals gezegd, ik ben geen twijfelaar.

Er was nog een andere reden dat ik tegen wil en dank als tweede lid van de verpleging werd ingelijfd. Die reden was dat Belle steeds vaker om mij vroeg. Als ze niet zo heel ziek was, wilde ze dat ik haar opzocht om de lessen voort te zetten. Ze vond dat dat toch ook kon terwijl ze in bed lag. Ze verveelde zich rot, anders. Maar ook als ze zieker was, vroeg ze Elske of die mij wilde halen. Ze wilde dat ik bij haar ging zitten en iets voorlas of vertelde. En in een delier kon ze rustig worden als ik in de buurt was. Althans, dat was de stellige overtuiging van Elske. Ik meende ook te zien dat ze kalmeerde wanneer ze mijn stem hoorde. Wie weigert de verzoeken van een stervend kind?

-Jullie kregen een band, zei de psycholoog bij wie ik een tijdje heb gelopen en die ik, bij wijze van afwisseling, de waarheid had verteld. Of, nou ja, ik had hem geen zaken verteld die niet of anders geschied waren. Het kan zijn dat ik nog wel hier en daar wat heb weggelaten.

Hij keek er veelbetekenend bij, zoals psychologen kunnen doen. Alsof dit de duiding was die me uit de droom zou helpen en een finaal inzicht zou brengen. Ik heb het niet tegengesproken, terwijl ik me voorstelde dat hij tegen de volgende klant met dezelfde blik precies hetzelfde zou zeggen. Het was geen minachting. Ik had met hem te doen. Elke dag hetzelfde trucje een keer of acht toepassen: een noeste arbeider aan de lopende band der dolende zielen. Ik had hem meer eer van zijn werk gegund.

Nee, we kregen geen band, tenminste voor zover een band wederzijds is. Ik hechtte me niet aan haar. Of ik voorkwam dat ik me aan haar hechtte zoals mogelijk andere mensen onder dit soort omstandigheden zouden doen. Wanneer ik dat besloten had en hoe ik erin slaagde te volharden in dit besluit, ik weet het niet meer. Ik weet wel dat ik ervan doordrongen was dat dit eindig was, dat ze ten dode opgeschreven was. Ik deed wel wat moest worden gedaan.

Ik ontdekte al in de eerste week dat ze heel slim was en qua intellectuele ontwikkeling een stuk verder dan leeftijdsgenoten. Ik merkte ook dat leren geen belasting voor haar was maar juist één van de weinige activiteiten waarvan ze opfleurde. Het was alsof haar intelligentie moest worden geprikkeld omdat ze anders helemaal wegkwijnde, zoals ook met dolfijnen in gevangenschap kan gebeuren als je die niet af en toe iets nieuws leert. En ik ben mijn best gaan doen om haar bezig te houden.

De tegenzin waarmee ik aanvankelijk aan de lessen was begonnen, maakte plaats voor de uitdaging om een goede leraar voor dit stervende meisje te zijn.

Dit was het gemakkelijkst bij de bètavakken. We bedreven weliswaar wis-, natuur- en scheikunde op een niveau dat minstens een jaar hoger dan haar kalenderleeftijd was, maar dan nog bleef het stof voor gymnasiasten van het derde of het vierde jaar. Die beheerste ik wel, al was ik er destijds niet zo met mijn aandacht bij geweest. Sterker nog, ik ondervond dat ik nu zelfs de lastigste opgaven met enig plezier oploste. Ik kon gewoon de stof van een hoofdstukje bespreken, samen met haar enkele opgaven doen en haar vervolgens de rest zelfstandig laten maken. Ik bleef haar voor, waarschijnlijk alleen maar omdat de stof voor haar nieuw was. En als ze klaagde dat ze het saai vond, liet ik haar een paar sommen overslaan. Mijn autoriteit op dit gebied stond niet ter discussie. Ook met betrekking tot Engels en Duits kon ze veel van mij leren. Nieuwe woorden, de juiste uitspraak van die woorden en allerlei regeltjes. Ze verraste me wel telkens met de snelheid waarmee ze zich zaken eigen maakte. Maar het waren aangename verrassingen, die aangaven dat ik goed lesgaf... Het is zeker waar: niet alleen ontdekte ik in mijzelf de ambitie maar ook het vermogen om een goede leraar te zijn. Ik genoot van haar progressie en van dat die door mij teweeggebracht werd.

Nederlands en vooral Frans vormden een groter probleem. Ze sprak en schreef beide talen vloeiend, het Frans beter dan ik, beter zelfs dan ik het ooit zou spreken. En dat niet alleen: ze gebruikte van zichzelf woorden, zinsconstructies en stijlvormen die ik moest opzoeken. In het begin was mijn enige toevoeging dat ik dit dan voor haar benoemde. Meestal quasi socratisch:

-Je hebt die of die vorm gebruikt? Waarom?

Dit duurde totdat ik mij tijdens een discussie over werkwoordstijden l'Etranger van Camus herinnerde. Waarom was dat boek ook weer in de passé composé geschreven? We zochten en vonden het gemakkelijk in de huisbibliotheek en zetten ons aan de lezing ervan. We vroegen ons af wat het effect van het gebruik van passé composé in plaats van de passé simple was. En verzeilden van de weeromstuit in een bespreking van dit boek. We kwamen uit bij het existentialisme, het verschil tussen de filosofische Sartre en de meer intuïtieve romancier Camus... Het was op dit punt dat ik haar wel iets te vertellen had. Het bleek iets te zijn dat haar raakte, want vanaf die dag stonden de taallessen in het teken van de literatuur. Ze wilde romans en gedichten lezen, vertalen, vergelijken. Als we bezig waren met de wereldliteratuur begonnen haar ogen te glanzen en verscheen op haar wangen iets dat kon doorgaan voor een gezonde blos.

Nee, ik hechtte me niet. Ik kreeg wel iets van haar. Ik voelde me een tovenaar of meer nog een tovenaarsleerling, want ik ontketende krachten die ik niet voor mogelijk had gehouden. Zowel in haar als in mijzelf. Het waren geheimzinnige krachten, die zich, eenmaal opgeroepen, niet meer helemaal lieten controleren.

Ik herinner me dat we op een avond voor het raam stonden in de torenkamer, ons leslokaal. Ze voelde zich goed die avond en we waren na het avondeten teruggegaan. We waren klaar met ons werk. Het was een heldere, maanloze nacht, zodat daar boven het donkere bos de sterren oplichtten. We stonden er een tijdje zwijgend naar te kijken. Totdat ze zei:

-Ongelooflijk, hè, dat die verre sterren allemaal zonnen zijn.

Of het nou kwam doordat we de hele dag al zo intensief bezig waren geweest met verhalen en mijn brein nou eenmaal op dat spoor zat. Of dat ik haar nog een keer wilde inspireren. Ik weet het niet, maar ik zei:

-Ik ken een verhaal dat nooit eindigt.

-Oh, ja? vroeg ze met net genoeg interesse.

Het verhaal dat nooit eindigt...

Op een avond zoals deze, zo'n avond zonder wolken en zonder maan, staan een vader en zijn dochter voor het raam.

Ze turen naar de talloze sterren aan het firmament.

De dochter vraagt: "Papa, die ster daarachter, is dat ook een zon zoals de onze?"

De vader antwoordt: "Ja... En het best mogelijk dat er om die zon planeten draaien. Net zoals het mogelijk is dat er op één van die planeten leven is. Dat er mensen wonen zoals wij... En dat precies op dit moment, terwijl we spreken, daar een vader en een dochter voor het raam staan. Ze kijken naar de sterrenhemel. En de dochter, die vraagt..."

Haar ogen twinkelden reeds bij de zinsnede "En dat precies op dit moment..." Nu lachte ze naar me.

-Het is eigenlijk een tekst voor een kinderboek. Je weet wel zo'n boek met op iedere pagina één zin en daarbij een illustratie die de pagina vult. Een boek dat kan worden voorgelezen terwijl de aandacht van het kind wordt vastgehouden door de plaatjes.

Ze zweeg, leek even na te denken. Toen vroeg ze:

-Heb je het zelf bedacht?

-Dat weet ik niet meer. Ik denk dat ik het ooit ergens opgepikt heb.

Maar ik loog. Het verhaaltje was een originele François de Pologne. Het was mijn manier om geen gezichtsverlies te lijden, mocht blijken dat ze het niet leuk vond. Misschien ook wel om het verhaaltje wat meer gewicht te geven. Dat het uit de pen kwam van een echte kinderboekenschrijver.

-Hmmm, zei ze, een beetje zuinigjes.

En ik ging door over het Droste-effect, alsof ik haar dat wilde leren.

Het was ongeveer een week later. Zij zat in het gareel toen ik het leslokaal binnenliep. Haar gezicht was zonder uitdrukking, neutraal. Maar er lag een map op mijn bureau met een gestrikt gouden lint er omheen. Ik dacht eerst nog dat ze vooruit gewerkt had.

-Wat is dat?

-Een cadeautje.

Ik opende het cahier en zag op de eerste pagina een hemel met schitterende grote en kleine sterren. Onderaan rechts de kleine silhouetten van een man met een meisje aan zijn hand. De vormen scherp getekend met een zwarte stift maar losjes ingekleurd. Links naast de man en het meisje stond gekalligrafeerd: Een verhaal dat nooit eindigt. Ik bladerde. Het was prachtig. Het was niet van professioneel te onderscheiden. Zelfs het zinnetje "En dat precies op dit moment..." had een eigen pagina, waarop de hoofden van vader en dochter naar elkaar gewend waren. Vaders mond open, alsof hij iets aan het vertellen was. De gezichten hadden onmiskenbaar een eigen karakter, maar ik kon ze niet thuisbrengen. Het was niet haar vader en ik was het ook niet. Ik prevelde zonder erbij na te denken:

-Zwart, de sterrenpracht. Machteloos doordacht.

Zij vroeg meteen:

-Wat zeg je?

Ik twijfelde. Het was de vraag hoe zij de verzen zou interpreteren. Ze had gehoord dat het rijmde waarschijnlijk. Ik zag zo gauw geen andere uitweg.

Ik keek op, recht in haar ogen. En droeg voor...

Ik zag haar blik troebel worden. Ik zag haar blik van me afglijden, over mijn schouder kijken. Alsof wat ik gezegd had op het schoolbord achter mij stond. In witte letters gekalkt. Alsof het haar huiswerk voor de volgende les was. Een serieus te nemen taak. Ze vroeg zacht:

-Is dat wel van jezelf?

-Ja, reageerde ik direct.

Zulke beslissingen zijn genomen voordat je er erg in hebt. Het was niet de waarheid. Ik was niet de dichter van deze verzen en ik wist wie het wel was. Ik kende het hele gedicht uit mijn hoofd.

-Ik voel me niet zo lekker, zei ze toen. Ze stond op en wankelde.

Ze zou de hele week ziek blijven.

Zeven

We eten in het restaurant van hotel Royal. We zitten aan een tafel aan het raam met uitzicht op De Brink. Buiten is het donker en koud. Het waait. Er glinsteren lampjes in de bomen op het plein.

Paul is gekleed voor de gelegenheid. Hij draagt een lichtbruin kostuum dat te ruim valt op een overhemd dat niet alleen aan de grauwe kant maar ook slecht gestreken is. De stropdas is gebleekt mauve. De combinatie kan worden gerekend tot de ergste miskleunen uit de geschiedenis van zijn garderobe. Dit is nooit in de mode geweest en ik hoop de dag niet mee te maken dat zoiets wel populair wordt. Overigens zowel grote gouden manchetknopen als een vette gouden trouwring. Het is duidelijk dat het hem niet tegenzit. Hij eet redelijk gemanierd, afgezien van zijn gulzigheid. Hij heeft het voorgerecht al op voordat ik halverwege het mijne ben. De wijn die hij heeft uitgezocht, wordt door beide partijen te snel gedronken.

Het eerste deel van het gesprek gaat over hoe wij het maken en hoe het bekenden vergaat. We hebben elkaar niet zoveel nieuws te melden. Vrienden en kennissen van zijn familie interesseren mij nog maar matig, hoewel ik de kring systematisch afloop. Ik vertel trots over mijn meiden.

Tijdens het hoofdgerecht komt één van die vragen. Zomaar tussen twee happen in. Er prijkt een stukje aardappel op de vork die voor zijn gezicht blijft hangen.

-Denk je dat ze iets geregeld heeft?

Het stukje aardappel verdwijnt in zijn mond. Hij kijkt naar zijn bord; zijn mes en vork bedreigen nu het laatste vlees dat daar ligt. Even is het alsof hij niets gezegd heeft.

-Hoe bedoel je?

Vluchtig oogcontact.

-Financieel bedoel ik... Anders krijgt hij alles.

Ik schat dat "alles" niet zoveel kan zijn. Maar misschien wel voor Paul. Genoeg om een bestaande of volgende financiële crisis te overbruggen. Het totale vermogen van Lydia is zeker niet meer dan twee en een halve ton. Het geld dat ze aan de scheiding van mij heeft overgehouden en belegd is in haar huis. Het huis zal eerst verkocht moeten worden. Ze had geen groot inkomen en een man te onderhouden; er zal niet veel bijgekomen zijn. Misschien dat ze intussen een tweede hypotheek genomen heeft om de een of andere verbouwing te financieren.

-Maakt dat iets uit? vraag ik zacht. Het is een beetje een vraag naar de bekende weg.

-Ja, zegt Paul.

Een stukje vlees keert terug naar waar het vandaan gekomen is. Het gebaar is net iets te heftig. Je hoort de vork tikken tegen het bord.

-Het is niet terecht als hij het allemaal krijgt. Ze kent hem pas een jaar of vijf...

-Zeven, zeg ik, maar hij hoort het niet.

-En hij heeft alleen maar van haar geprofiteerd.

-Och, Paul, wat is terecht?

Ik zeg niet dat als je zo redeneert je ook tot conclusie kan komen dat ik recht heb op haar geld. Dat ik immers in een grijs verleden heb verdiend. Paul heeft trouwens een andere visie.

-Het is niet van hem! Het is van mijn ouders geweest. Zij hebben ervoor gewerkt. Ik wil niet dat hij daar straks een feestje van viert... Die jongen heeft nooit geld gehad. Die heeft geen idee hoe hij ermee moet omgaan. Hij heeft het in een mum van tijd er doorheen gejaagd.

-Ik weet niet of ze een testament heeft opgesteld...

Als ik moet gokken, kies ik dat ze haar zaakjes geregeld heeft. Ze heeft deze situatie zien aankomen en ik ken haar als iemand die dan haar maatregelen neemt. Ze zal geen grote puinhoop achterlaten. Dus: ze heeft een testament ofwel is tot de conclusie gekomen dat dit niet nodig is.

-Weet je of ze een geregistreerd partnerschap of zoiets zijn aangegaan?

-Paul, ik heb geen idee. Werkelijk niet.

Het is mogelijk. Ofschoon ik weet dat zijn langdurige werkeloosheid lange tijd een reden was om dat niet te doen. Hij bleef ook op een ander adres ingeschreven staan om zijn uitkering niet in gevaar te brengen. Het gesprek begint me tegen te staan.

-Paul, waar maak je je druk over? Wat mij betreft, krijgt hij alles en verbrast hij het. Wat doet dat er nog toe?

-Ik zou het kunnen beheren...

Ik weet dat hij het meent. Dat het niet zonder meer zijn bedoeling is om zich de nalatenschap van zijn zus toe te eigenen. Dat het niet per se de bedoeling is om er zelf rijker van te worden, hoewel hij een erfenis zeker ook niet zal afslaan. Omdat zij van hem gehouden heeft, wil hij de man niet wil misdelen. Het is meer dat hij vreest dat haar geld bij die onbenul niet in goede handen zal zijn. Misschien is wat in eerste instantie overkomt als egoïsme wel zijn manier om voor Lydia te zorgen.

-Ik vind het zo zonde, zegt hij nu ook, machteloos.

-Ik vind het ook zonde, beaam ik, maar ik bedoel iets anders.

-Zou jij niet eens met haar willen praten?

Hij beseft het pas nadat hij de zin al uitgesproken heeft. De kans dat we haar helemaal niet meer te spreken krijgen is groter dan de kans dat ze nog bijkomt. (Nog afgezien van dat ik de laatste ben naar wie ze zou luisteren. Dat heeft ze nooit gedaan en zou ze nu zeker niet doen. Ze zou hebben gezegd dat het mijn zaken niet zijn en geen enkele mededeling hebben gedaan over hoe die ervoor staan. Ik mag blij zijn dat ze me heeft toegelaten tot haar sterfbed.)

Ik zie het gebeuren en probeer het tij te keren:

-Nee, Paul, dat doe ik niet. En ik vind dat jij het ook niet zou moeten proberen. Ik bedoel, ik kan je het niet verbieden en ik snap de urgentie. Maar je doet haar er geen plezier mee... Ze zal er heus wel over hebben nagedacht en gezorgd hebben dat het in orde is. Als het belangrijk is, zegt ze er nog wel iets over. Anders: accepteer dat zij het zo wil. En doe nu niet alsof je het beter weet.

Het klinkt boos. Het is te laat. Paul doet nog een poging zijn aandacht weer te concentreren. Op het vegen van zijn lippen met zijn servet. Hij snakt naar adem. Zijn ogen worden vochtig.

-Ik vind het zo erg... Zo erg allemaal.

Hij is een onooglijk mannetje. En nu hij huilt, is het helemaal niet meer om aan te zien. Ik reik over de tafel naar zijn schouder en leg mijn hand in zijn nek.

Hij laat zijn tranen de vrije loop. Zijn rechterhand valt op de rand van het bord, in de resten van saus. Hij merkt niet dat het manchet van zijn hemd vettig wordt.

-Waarom heb je toch dat vreselijke boek geschreven? snikt hij ineens. Een minuut of zo nadat ik hem bij zijn nekvel gegrepen heb. Bij wijze van troostend gebaar.

Daar is dan vraag numero twee. Ik laat hem direct los. Paul is volstrekt voorspelbaar, je kunt de klok erop gelijk zetten. Alleen ben ik dat even vergeten. Wensdenken?

Hij huilt nog steeds en kijkt naar me vanonder zijn natte dunne wimpers. Vol van machteloos verwijt. Het boek staat voor altijd tussen ons in. Het verhindert dat we ons nog ooit kunnen wijsmaken vrienden te zijn. Ik zal die vraag nooit op een voor hem begrijpelijke manier kunnen beantwoorden. Sterker nog, enige serieuze verklaring of verdediging van mijn kant zal hem alleen maar bozer maken. Op mijn bord ligt het vlees aangesneden koud te worden. Ik neem een slok wijn. Ik zeg hulpeloos:

-Hoe bedoel je?

-Je weet heus wel wat ik bedoel!

Daar heb je het. Zo krijgt hij nog gelijk ook. Het eeuwige gelijk van de onwetende, van de hond die door zijn baas slecht behandeld is.

-Je hebt ons allemaal belachelijk gemaakt.

-Paul, zeg ik, dat boek gaat niet over jullie. Het gaat niet over Lydia of over jouw familie. Het is fictie... En trouwens, jij komt er niet eens in voor.

Zijn ogen lichten op. Hij voelt de zwakte in mijn antwoord, al weet hij eerst nog niet precies waar.

-Het gaat niet over ons, maar ik kom er ook niet in voor?

Paul proeft de woorden, zoals hij de wijn voorgeproefd heeft.

-Lydia en mijn ouders komen dus wel voor in dat boek dat niet over ons gaat?

Hij verslikt zich in de wijn, als hij die aan het voorproeven is geweest. Deze wijn heeft kurk. Zoveel is zeker en staat als een paal boven water. Hier past slechts een ruiterlijke verwerping.

-Paul, zeg ik zachter, wind je niet zo op. Het boek is uitgegeven. Het was geen groot succes. Er zijn mensen die het gelezen hebben, maar er zijn er veel meer die het niet kennen. De meeste lezers vonden er niks aan. Over een jaar of vijf, hooguit tien is het helemaal vergeten. Dan is het net zo in de vergetelheid geraakt als om het even welk echt leven.

Inmiddels is dit etentje en dit gesprek beland op het dode punt waarop hij al die tijd zonder het te weten gericht geweest is en dat ik gevreesd heb. Zo is dat dus met onze relaties. Ze komen niet voorbij dat ene punt van strijd. Dat moment waarop de mist opklaart en haarscherp zichtbaar wordt hoe we elkaar vanuit exact hetzelfde loopgraf vanuit precies dezelfde positie, van even dichtbij op de korrel nemen en pijn doen. Zo blesseren dat alleen nog wraak en weerwraak een optie is... Totdat er één opstaat en wegloopt, immuun voor de kogels van de ander zolang hij niet omkijkt...

-Je hebt haar, je hebt haar diep gekwetst, zegt Paul, die me indringend aankijkt.

Hij wil dan ook tot mij doordringen. Hij wil dat zijn woorden impact hebben. Iemand moet hem dit hebben ingefluisterd. Bij welke godvergeten therapeut is dit hoopje ellende ongetwijfeld langdurig in behandeling geweest? Wie heeft hem wijsgemaakt dat het helpt om je uit te spreken? Dat je de dader moet confronteren als je kan, als je durft? Welke randdebiel heeft dat deze mislukkeling op de mouw gespeld? En waarom word ik hier geïdentificeerd als de aanrichter van alle onheil? Ik heb hem heus niet opzettelijk gekwetst. Misschien dat ik wel heb willen kwetsen, ja, maar dan toch zeker niet hem. Ik had en heb er geen enkel belang bij... Nou, hij kan het krijgen zoals hij wil.

-Paul, als je niet uitkijkt, kom je wel in mijn volgende boek.

Ik vind het best grappig, maar hij niet.

-Dat toch geen hond leest, schreeuwt hij, totaal over zijn toeren.

We trekken de aandacht van de tafels bij ons in de buurt. Het interesseert Paul geen zier. Hij smijt zijn servet op het bord, teneinde de dramatiek van ons gesprek te onderstrepen. Het wordt er zo langzamerhand een behoorlijk zooitje van omwoelde en afgekoelde etensresten, inclusief nu dus het servet dat vet opzuigt en bruin kleurt.

Misschien dat ik hem deze slag maar moet laten winnen. Opstaan uit het loopgraf, op het zijne aflopen, met mijn vinger mijn hart aanwijzen. Hem de eer en het genoegen gunnen, zodat hij later kan zeggen:

-Nou, ik heb hem de waarheid gezegd, die etterbak. Ik heb hem zijn vet gegeven. Daar had hij niet van terug!

Tegen zijn vrouw of zo of weet ik welke bekenden van vroeger. Het kost me niks, eigenlijk. Of vrij weinig. Na Lydia's dood scheiden zich onze wegen voor altijd. We zullen elkaar niet meer opzoeken. Hij zal terugkeren naar zijn uitgedunde familie. Ik realiseer me dat hij straks de enige overlevende zal zijn. Hun ouders zijn al lang geleden overleden en er zijn geen kleinkinderen. Lydia had andere plannen. Maar welke? En Paul is nooit vader geworden, zelfs niet per ongeluk. Ik zal afreizen naar mijn nieuwe leven, terwijl hij nog in dit oude ronddwaalt. Naar een vrouw en twee dochtertjes, die ik liefheb. Naar mijn familie, naar haar familie, naar onze vrienden en met die grappige zijsprong van het schrijverschap in mijn verleden. Ik heb ooit een boek geschreven en dat is uitgegeven. Het is een anekdote.

Terwijl ik overweeg om hem die kans te geven en ook te laten benutten, verschijnt opeens een beeld voor mijn geestesoog. Het is lang geleden, al minstens dertig jaar, en we zijn met zijn tweeën in Spanje. Eerst is er het beeld van het dagelijks leven van die vakantie. Hoe ze in haar tweedehands zomerjurkje neerknielt bij een gasbrandertje. Ze is in onze ene pan een maaltijd aan het maken. Ik zit in een laag stoeltje en kijk naar haar. Trots... Dan is er het beeld van later dezelfde dag. Dat we in de avondzon weglopen een grindweggetje af. Het blauwe jurkje bolt een beetje van de wind. Mijn hand drukt het tegen haar onderrug. Het laatste beeld is een foto die iemand anders genomen heeft, want je ziet ons op de rug. Het is een foto die ik vaak gezien heb, maar die niet in mijn bezit is. Ik heb hem laten zitten in de fotoalbums die ze me na de scheiding een tijd te leen gegeven heeft om uit te zoeken welke ik wilde hebben. We hadden een leven, dat leven is voorbij.

-Paul, ik wou dat ik het boek nooit geschreven had...

Ik verbaas me over hoe oprecht het klinkt. Paul heeft er ook even niet van terug. Hij zet grote ogen op.

-Ik vind het niet rechtvaardig... zeg ik dan, maar heb geen idee wat er dan in gods- of vredesnaam zo onrechtvaardig kan zijn.

Paul staat op. Ondanks zijn kleine gestalte kijkt hij op mij neer, zonder medelijden, zonder een zweem van vergeving.

-Het maakt niks uit. Het heeft allemaal niets te maken met rechtvaardigheid. Je hebt dat boek geschreven. Het is uitgegeven en er is om gelachen. Zij heeft het gelezen. Je kunt dat niet meer ongedaan maken.

Paul draait zich om en beent weg. Hij heeft het laatste woord. Wat mij betreft, mag dat voor altijd zo blijven.

Acht

21 mei 1985.

Belle was nu bijna drie weken ziek geweest. Een
opeenvolging van aanvallen met hoge koorts, braken,
spasmen en delier en uren dat ze rustiger was, iets kon
drinken en dan vaak snel in een diepe slaap verzonk.
Behalve zo nu en dan een beetje soep had ze niets
gegeten. Ze was niet meer uit bed geweest. Elske was de
uitputting nabij, moest steeds huilen en was me
dankbaar voor ieder uur dat ik het van haar overnam. Ik
verbaasde me over mijn eigen weerstand. Ik bleef
relatief kalm onder dit alles en constateerde steeds maar
dat ik zowel lichamelijk als geestelijk betrekkelijk
normaal functioneerde. De dokter was opvallend
empathisch geworden. Nu was hem niets meer teveel.
Hij kwam wanneer we maar wilden. Deze week had hij
twee keer op het punt gestaan om Belle alsnog in een
ziekenhuis op te nemen, maar er beide keren van
afgezien. Dit na telefonisch overleg met haar ouders.
Dat het geen zin had, dat was wel zeker. Een
ziekenhuisopname zou haar leven nauwelijks verlengen
maar wel vreselijk voor haar zijn. Gisteren had hij hen

dringend verzocht om naar huis te komen. Ze werden aan het einde van de dag verwacht.

Ik ontwaakte rond een uur of drie in de ochtend in de grote fauteuil die we naast haar bed hadden gezet. De regen tikte tegen de ruitjes achter de zware velours gordijnen. Ik zag haar gezicht in het schijnsel van de citroenkaarsen die we in verband met de muggen voortdurend lieten branden. Ze lag op haar zij met grote ogen naar me te kijken.

-Hé, ben je daar weer? vroeg ik..

-Waar is mama? fluisterde zij.

-Ze zijn onderweg hierheen. Ze zitten nu waarschijnlijk in het vliegtuig. Ik denk dat ze aan het eind van de middag hier aankomen.

-Ik wil mijn mama.

Ze zei het niet jammerend of dwingend, ze fluisterde het. Het was meer een mededeling.

-Ze komt, Belle, ze komt... Ik blijf bij je totdat ze er is.

Ze zweeg even, zwaar ademend, fluisterde toen, maar heel goed verstaanbaar:

-Jij hoort hier niet. Jij bent... een vergissing.

Het klonk niet zonder meer als een verwijt of alsof ze me wegstuurde. Het klonk alsof er lang over nagedacht was, als een eindconclusie, als een oordeel. Ik reageerde niet omdat ik bang was dat dit gesprek haar geen goed zou doen. Ik reageerde niet omdat ze gelijk had.

Maar het gefluister ging door:

-Weet je, alles was in orde voordat jij kwam... Mijn ouders waren hier en ik mocht zo vaak naar buiten als ik kon. Ik zwierf graag over het landgoed, langs de slotgracht en in het bos. Ik had er geheime plekken die niemand kende. Ik dacht... Ik geloofde dat er hier iets gaande was. Het was een mysterie dat alleen ik kon doorgronden, als ik maar genoeg mijn best deed... En wanneer ik terug was, dan vroeg mijn vader waar ik geweest was. Ik kon hem dan een tekening laten zien of soms een verhaaltje vertellen waarom hij moest lachen. Of mijn moeder gaf een aanwijzing. Ze zei dat ik daar of daar moest zoeken en dat ik dan een stapje verder zou komen. Er was daar altijd wel iets te vinden voor mij... Maar ze zijn weggegaan...

Ze onderbrak haar relaas. Ze huilde vrijwel geluidloos.

-En jij kwam en opende de boeken... En niks was meer wat het daarvoor geweest was of geleken had... Mijn wereld betekende niets meer. Er bleek een wereld hierbuiten te zijn, waarin...

Ze snakte naar adem.

-Belle, belle, laat toch.

-Nee! Haar stem verbrak het gefluister.

-Wat ik ook tekende, wat ik ook opschreef, het leek niets meer voor te stellen...

-Belle, alsjeblieft, een andere keer...

-En ik kreeg van jou geen antwoorden op vragen, geen complimenten. Je stelde een nieuwe vraag als antwoord op de mijne. Of je lachte of je zweeg. Of je zei iets totaal onbegrijpelijks. Waarom eigenlijk? Ik snapte je niet. Je had kunnen zeggen dat het je mooi of goed vond of juist niet... Ik had het verdragen als je had gezegd dat je medelijden met me had. Dan had ik dat tenminste geweten…

Die gedichtjes van mij... Zeg eens eerlijk, het is toch ook kindertaal?

Maar ik reageerde niet. Ik wist niet wat ik moest zeggen.

-Ik wil opstaan. Ik wil vertrekken en reizen. Ik wil komen waar de mensen luidruchtig debatteren. Ik wil discussiëren, ik wil schreeuwen, ruzie maken, keihard lachen, ik wil winnen of verliezen... Ik wil behagen, verleiden, ik wil bemind worden maar ook misbruikt. Ik wil teder gezoend worden maar ook hard geslagen... Elke pijn die ikzelf veroorzaak of me door een ander wordt aangedaan is beter dan deze... Ik wil gaan naar waar de hitte ondraaglijk is, naar de jungle waarin gevaarlijke dieren loeren... Neem me mee naar de diepte van de oceanen. Wandel met mij over de bodem van de zee... Alles is beter dan dit. Ik wil...

Ze zei zoiets, of ze zegt zoiets in mijn herinnering. En het klonk toch niet als verwijt. Haar gefluister was meer constaterend van toon, gelaten. Weinig wees op opwinding, niets voorspelde wat direct na dat laatste "Ik wil..." plaatsvond. Haar lichaam verkrampte plotseling en ze draaide zich op haar rug in die kramp... Ze bleef liggen zo, de ogen wijd opengesperd.

Ik zag hoe ze vervolgens verslapte, heel langzaam en kennelijk tegen haar wil. Ze leek haar best te doen om haar ogen open te houden. Maar ze zakte weg.

Ze is niet meer ontwaakt uit die slaap. Een uur later was Belle dood. Ze is gestorven zoals een kaarsje uitgaat. Het vlammetje werd steeds kleiner, totdat het met een klein rookpluimpje uitdoofde. Ik moest een spiegel voor haar gezicht houden om er zeker van te zijn dat ze niet meer ademde.

Ik heb nog een poos bij haar gezeten, totdat het eerste licht door de spleet tussen de gordijnen viel. Ik ben toen naar dat licht gelopen, heb de gordijnen opzij geschoven en het venster geopend. Het was een grauwe ochtend. Maar toch was het alsof haar gedachten dat prefereerden boven de bedompte sterfkamer. En ze sloeg haar vleugels uit en vloog eindelijk de wijde wereld in.

Elske kwam binnen toen ik nog voor het venster stond.
Ze kon er niet over uit. Dat ze juist nu gestorven was,
dat ik als enige erbij geweest was, dat haar ouders te laat
zouden komen enz. Ze waarschuwde de dokter, die snel
ter plekke was. Men begreep het wel en niet dat ik zo
spoedig mogelijk wenste te vertrekken. Men kon mij
echter niet tegenhouden.

Negen

De volgende ochtend. Ik stap uit de lift. Op de gang
voor haar kamer bevinden zich Paul en de man wiens
naam ik niet in de mond neem. De man zit op een
klapstoeltje recht tegenover de ingang van de kamer. Hij
zit voorover gebogen, de ellebogen op de knieën, zijn
handen voor zijn ogen. Huilen kent vele vormen en
gradaties. En ik zie dat dit een onbedaarlijke variant is,
om niet te zeggen dierlijk. Want dieren huilen niet, voor
zover ik weet. Zij dragen hun smart zonder te schreien.
Hier vloeien de tranen rijkelijk. Er is sprake van
veelvuldig snikken. Paul staat naast hem en heeft een
arm om zijn schouders. Hij probeert de schijnbaar
ontroostbare desalniettemin te troosten. Ik vrees een
moment dat Lydia overleden is, maar stel vast dat
ondanks het onbedaarlijke er in relatieve stilte wordt
geleden. Het ziet eruit als een filmpje waarbij het geluid
is uitgeschakeld. De gierende uithalen, waartoe ik de
man zeker in staat acht, lijken toch te worden
onderdrukt. De enige conclusie is dat Lydia slaapt. Hij
wil haar niet met zijn gejank belasten.

Ik houd mijn pas niet in, kom naderbij, maar zorg ervoor
dat ik mijn ogen wijd opensper. Men dient te allen tijde

het verdriet van anderen te respecteren. Zij verdienen ons medeleven.

Paul heeft me horen aankomen, kijkt op. Zijn gezicht is bleek, hij oogt vermoeid en even ook verontrust. Twee tellen later ontspant zijn gezicht.

-François, zegt hij, nogal hard en scherp articulerend.

De bedoeling kan geen andere zijn dan dat de man ons hoort. Die is echter onverstoorbaar in zijn bedroefdheid.

-François, herhaalt Paul ten overvloede.

-Kun jij een paar uur bij Lydia blijven? Totdat ik terugkom? Wij kunnen niet blijven. George moet werken. Hij wordt ontslagen als hij niet op zijn werk verschijnt...

-Ik moet gaan, ik moet werken, ik moet echt werken, miert de man tussen de snikken door.

Ik denk: Natuurlijk, hij moet werken. Wie moet dat niet? We moeten allemaal werken als het erop aankomt, weer of geen weer. Het gas moet betaald, de auto moet rijden, het schip moet varen en de aarde draaien. Nu wel! Een gerichte en voortdurende inspanning is nodig. Stel je voor dat het hele zaakje ineens tot stilstand kom... En meer van dat soort ongein. Geen kritische of bezorgde vraag draalt op mijn lippen, wel een hele vage glimlach, die hopelijk niet wordt opgemerkt.

-Ik... Paul wacht even in verband met de te verwachten opkomende brok in zijn keel.

-Ik ben kapot. Ik moet er eventjes uit, eventjes uit het ziekenhuis, aan de frisse lucht. Al is het maar voor een paar uurtjes.

Onwillekeurig kijk ik de kamer in, waar het voeteneind van haar bed te zien is en door het raam de heldere hemel. Het is een prachtige dag. Ik verlang naar buiten, al ben ik net binnen. Ik zeg zacht, misschien een beetje afwezig en tegelijk toch wel vaderlijk:

-Het is goed. Ga maar. Het komt wel goed. Ik bel wel als er iets is. Geef me jullie nummers maar.

-Dat is fijn... Heel erg fijn, dat je dat doet... En de dwerg haalt zijn mobiele telefoon uit zijn zak, waarin hij zowel zijn eigen nummer als dat van de man opzoekt.

Wanneer de nummers in de mijne gezet, knielt hij voor de man. Hij duwt zijn polsen opzij om hem in de ogen te kijken:

-George, je kunt weg naar je werk. Ga nu maar snel.

Die lijkt even verbijsterd voor zich uit te staren. Ik zie dat niet goed, omdat immers zijn blik in de ogen van Paul verloren gaat. Dan coupeert het een of andere proces in zijn hersenen het huilen en initieert zijn motoriek. Hij veert op, veegt zijn gezicht schoon. Hij wendt zijn stevige lichaam liftwaarts. Wanneer hij mij passeert, is er slechts vluchtig oogcontact, niet meer dan de schittering van oogwit eigenlijk. Gek genoeg raakt één van zijn grote handen wel mijn schouder. Die had ik niet zien aankomen.

-Het is oké, zeg ik, maar ik voel me onbeholpen.

-Dank je, dank je wel, zegt Paul, die hem schielijk volgt. Plotseling is er dan toch nog een openstaande emotionele rekening. Hij zal die nooit meer kunnen voldoen.

Het is een opluchting hen in de lift te zien verdwijnen en een nog grotere opluchting als de deuren van de lift zich gesloten hebben. Het is een vreemd maar bekend gevoel dat ik met haar alleen achterblijf.

Ik loop zonder haast haar kamer op. Ze is niet bij bewustzijn. De parasiet is weer op bezoek geweest, ze is alweer een beetje gekrompen. Verder ligt ze er vredig bij. Op haar rug, precies in het midden van het bed. Lakens, deken en kussen, zelfs het infuus en allerlei op haar aangesloten apparatuur lijken als het ware zojuist door iemand uitgestald. Als een installatie voor een tentoonstelling. Ik hoef niks te opnieuw te schikken.

Ik loop om haar bed naar de tweede stoel die het verst ervan vandaan staat. Het is de stoel waarop ik ook bij mijn eerste bezoek gezeten heb. De dichterbij staande stoel is immers van haar huidige partner. "Mijn partner", zo omschreef ze hem. Niet "mijn man" of "mijn vriend", maar "mijn partner".

Ik zie Lydia nu van opzij. Ze ademt heel traag en rustig, vrijwel onhoorbaar. Ik heb de neiging om op te staan en mijn oor bij haar mond te brengen om te controleren of ze nog wel ademt, zoals ik zo vaak 's nachts bij mijn meisjes heb gedaan. Een neiging die veel verse vaders wel zullen herkennen maar die bij mij enigszins uit de hand gelopen is. Maar ik zie dat Lydia ademt.

Zittend in de stoel voel ik de warmte van zonnestralen in mijn nek, hoewel het buiten koud is. Lydia's gezicht ligt in de schaduw van een zonnescherm dat half neergelaten is. Ik zou nog steeds haar echtgenoot kunnen zijn. Dan zou ik nu op het punt staan om weduwnaar te worden. En vanaf die gedachte gaat het op een bekend spoor, een pad dat plat getreden is. Ik verklaar in gedachten hoe het tussen ons gelopen is en wil oppassen dat ik niets oversla. Mijn dwaze en veel te lang durende verliefdheid op die andere vrouw, een lerares handvaardigheid, die bij nader inzien half hysterisch was. Hoe Lydia zei: "Dat is een vergissing". Hoe ze zich terugtrok in dansen en nachten wegbleef van huis. Mijn zoektocht naar seks en misschien ook genegenheid op het internet nadat de verliefdheid op die eerste vrouw bekoeld was. Hoe ze zei: "Dat is zonde". Dat nooit helemaal duidelijk werd wat ze daarmee nou bedoelde... Een weg die onveranderlijk uitkomt bij de gedachte en soms het gevoel dat ik hoe dan ook steeds zielsveel van haar gehouden heb. Maar het is een stadium dat ik vandaag niet zo bereik.

Want mijn gedachten worden onderbroken door naderbij komend geklets op de gang, dat vlak voor de kamer stopt. Waarna een verpleegkundige de kamer binnen drentelt. Prachtexemplaar! Mooie, getinte vrouw, met zwart haar in een vlecht en perfecte rondingen. En Jezus, het is overduidelijk waarom de kosten van de zorg tegenwoordig de pan uit rijzen! Ons geld wordt uitgegeven aan homoseksuele modeontwerpers, wier gevoel voor fatsoen en decorum danig verzwakt is door veelvuldige bezoeken aan wilde orgieën. Wit pakje met wijd vallend kraagje en decolleté, rits in het midden. Ik gok dat ik haar eveneens smetteloze onderbroekje kan zien als ze zich bukt en tel de dingen die op de grond kunnen vallen.

Zij komt naar mij toe. Ik sta op en steek mijn hand uit:

-François de Pologne, ex-man.

-Anneke, mag ik er even bij?

Maar ik heb al lang gezien dat ze Anneke heet vanwege het enorme naambord op haar rechterborst. Ik onderdruk met moeite de vraag hoe de andere heet, die behalve impertinent ook nogal flauw zou zijn geweest.

Omdat Anneke erdoor moet, maak ik plaats, om me nog geen seconde later af te vragen of ik ook weer op mijn stoel had kunnen gaan zitten. Anneke bestudeert deskundig de monitor die erboven hangt. Ze tikt eens op een zakje met vloeistof.

-Ik leg haar even op haar zij, zegt ze vervolgens.

Nog voor ik mijn hulp heb kunnen aanbieden, heeft ze de deken al teruggeslagen. Ze rolt Lydia geroutineerd voorzichtig. Die geeft geen krimp. Ze lijkt het niet te merken. Tijdens deze inspannende handelingen kruipt het strakke uniform van Anneke wat omhoog, waardoor er een bijzonder dilemma ontstaat. Want sommige knoopjes van Lydia's pyjama zijn los. Ik zie haar linkerborst. Het is een borst die ik in betere tijden heb geliefkoosd. Ze had altijd al vrij slappe borsten, maar nu is het niet meer dan een tepel op slap vel die tegen haar ribben aanhangt. Daarentegen blaken de prachtige bruine benen van Anneke van gezondheid en levenslust.

Wanneer ze haar onvolprezen bezigheden met Lydia heeft afgerond, draait Anneke zich traag maar zelfbewust naar mij om:

-Het kan zo gedaan zijn, zegt ze kittig, mij onderzoekend aankijkend.

-Het kan eigenlijk ieder ogenblik gebeuren. Moet u de anderen niet waarschuwen?

-Ze weten het. Ze zijn net weg. Ik verwacht dat haar broer zo terugkomt.

-En haar, eh, partner?

-Ik denk vanavond.

Een wilde gok op basis van het gegeven dat werkdagen in de meeste gevallen acht uur duren.

-Ik pas op haar, zeg ik dan, zachter.

Anneke staat voor me, mooi, het ene been voor het andere, één hand in haar zij, gaaf gezicht en donkere, vriendelijke ogen die me ontwapend monsteren. Ze zwijgt even, waarna iets van een lachje verschijnt. Met een beetje fantasie kan het als schalks worden geïnterpreteerd.

-Mooie naam, François de Pologne... Van Franse afkomst?

-Nee, althans niet recent. De familie woont al generaties in Nederland. Het is wel een oud geslacht. Belgische adel. Het schijnt dat mijn voorvaderen nog voor aansluiting bij Nederland hebben gevochten.

Ik lieg weer eens de mussen van het dak, terwijl het midwinter is. Anneke is te beleefd en te verstandig om door te vragen. Je maakt geen praatjes met een man aan het sterfbed van zijn ex-vrouw. Het is gewoon een vriendelijke vraag, misschien zelfs troostend bedoeld.

-Ik wip wel af en toe even aan.

-Ja, zeg ik. En dan is ze weer de kamer uit.

Maar in mijn fantasie is ze als een blok voor me gevallen. Voor deze trouwe ex-man die als enige de wacht houdt. Ze heeft gevraagd of ik het fijn vind om vanavond bij haar "aan te wippen". Ze woont alleen in één van die kleine eengezinswoningen zoals er zoveel in Deventer zijn. In een naamloze straat. Als ze opendoet, heeft ze natuurlijk haar uniform nog aan. We gaan zitten op de bank in de woonkamer. Zij fluistert:

-Je mag alles met me doen wat je wilt.

Ik vraag of ze voor me wil gaan staan en heel langzaam haar uniform wil openritsen. Stevige bruine tieten in een witte bh komen tevoorschijn. Een witte slip met een klein vochtplekje. Ze vervolgt de striptease, intussen wulps haar perfecte lichaam kerend. Ze duwt haar blote billen tegen mijn gezicht.

-Ik wil je in je kont neuken.

-Mijn kont is van jou...

Ik grinnik. Het is zoals het altijd geweest is. Zelfs nu ze op sterven ligt, is de fantasie sterker. Ik zeg tegen Lydia:

-Dat is pas zondig.

Maar Lydia antwoordt niet.

Tien

De zomer was zwaar met zijn lange dagen. Waren de dagen korter geweest, de zomer zou draaglijker geweest zijn. Nu was er te lang teveel weerkaatst zonlicht van witte muren.

Het begon ermee dat er opeens een enorm bedrag op mijn bankrekening bleek te staan. Althans voor een student. Ongeveer de helft daarvan was gespaard van mijn reguliere inkomsten: de studiebeurs die was blijven doorlopen en het kleine salaris dat de ouders van Belle hadden betaald. Zij hadden echter enkele weken na haar dood nog een som geld aan mij overgemaakt. Een bedrag dat precies berekend leek, niet afgerond op 7500 of 10000 gulden of zo. Ik wist niet hoe ze die berekening gemaakt hadden. We waren niet overeengekomen dat ik deze betaling zou ontvangen. Het rekeningafschrift bood weinig aanknopingspunten in dat opzicht. Er stond niet iets op als "vakantiegeld", "onkostenvergoeding" of desnoods "schadeloosstelling". Er stond alleen: "Merci". Ik besloot niet al te lang na te denken over hoe ik deze dank verdiend had. Ik was niet eens op haar begrafenis geweest.

Ik besloot het geld niet te reserveren voor de komende studiejaren. Ik besloot wel dat jaar lang en luxe op vakantie te gaan. Ik besliste dit in de één of twee minuten dat ik het rekeningafschrift bestudeerde. Veel langer geduurd had het om de enveloppe met het afschrift te openen.

Ik besloot ook dat ik alleen op vakantie zou gegaan. Ik had geen contact gehouden met vrienden of wat daarvoor doorging in de periode dat ik in België was geweest. Ik was zomaar weggegaan en eind mei plotseling weer verschenen. De meesten hadden al plannen voor de zomer. En ik had gelogen over waar ik driekwart jaar uitgehangen had. Een verhaal dat me tot op de dag van vandaag achtervolgt. In plaats van dat ik een ziek meisje had verzorgd, was ik in Zuid-Limburg op een boerderij geweest. Bij een oude boer die schapen en een varken had gehouden en een kersenboomgaard had gehad. Ik had lammetjes gehaald en kersen geplukt. En was bevriend geraakt met het varken dat me elke ochtend met de poten op de rand van het kot vrolijk knorrend had begroet. Het was de oude boer die was overleden. Er was geen goede reden voor die leugen, althans niet één waarvan ik me bewust was. Het was eerder zo dat de waarheid vertellen me te vermoeiend leek, net zoals de leugen volhouden ten opzichte van een reisgenoot met wie je een maand lang optrekt.

Zuid-Frankrijk, Côte d'Azur, zomer 1985, een studio aan een galerij op de tweede etage. Het was op loopafstand van strand en zee. In de trein erheen had ik mijn eerste sigaretten gerookt en was het drinken gestart. Dat was gemakkelijker praten met leeftijdsgenoten.

Ik was er wel en ik was er niet. Ik was er als fysiek onbehagen, een lichaam in bed dat zijn warmte niet kwijt kon, dat voortdurend transpireerde en afgemat en rusteloos tegelijk was. Een lijf dat onder stugge zandzakken bedolven leek en daaronder tot in alle uiteinden trilde. Met rillingen van mijn nek naar mijn schouders over mijn rug. Met tremoren in oogleden en vingers. Dat desondanks een immense kracht in zich voelde. Alsof het zijn last zo kon afschudden om op te rijzen, maar zich inhield om op het juiste moment toe te slaan. Een zieke die droomde dat hij een afgetraind roofdier was.

Ik was er, want mijn ogen konden niet tegen de felle zon buiten. Die door de dichte oranje gordijnen drong en van mijn studio een oven maakte. Ik was er omdat die eenzijdig oranjerode inrichting een kwelling voor me werd - zoals in een isoleercel opgesloten gevangenen gek kunnen worden van sensorische deprivatie. En omdat wat feitelijk niet meer was dan een achtergrondruis van verkeer, badgasten en misschien ook de branding van de Middellandse Zee, omdat die verwaaide geluiden op den duur klonken alsof ze duizend keer versterkt werden. Alsof ik er middenin stond. Ik had kunnen opstaan om er heen te gaan. Ik was er maar een paar stappen van verwijderd. En dan de in de loop van de dag sterker wordende geur van ammoniak die ik zelf produceerde. De smaak van as die niet kon worden weggespoeld.

Ik was er dus omdat ik dit alles gewaarwerd, terwijl ik verwoed poogde ergens anders te zijn door te fantaseren. Maar ik kon geen enkel scenario kloppend krijgen. Ze ontsnapten mijn brein alsof mijn schedel te klein was, als luchtballonnen die door een overenthousiast kind te snel worden opgeblazen en dan uiteenspatten. Tegen dat idiote behang met dat repeterende patroon van grote oranje bloemen met knalgele knoppen. De natte flarden kleefden aan de rotan lampenkamp. Het had geen zin om uit de bed te komen om de zaak weer aan elkaar te lijmen of zelfs maar de rotzooi op te ruimen. Ik wilde een ander zijn, maar kon het niet, tenminste niet overdag in die benauwde oranje val.

En ik bedacht dat ik... Of, nee, ik bedacht het niet, want dat veronderstelt dat ik een bewustzijn had en keuzes maakte. Nee. Ergens ontstond de illusie of de preoccupatie dat ik ooit iemand hierover zou vertellen. Alsof het iemand zou interesseren. Dat ik het zou opschrijven. Dit verhaal kon noch in de ik-vorm noch in de hij-vorm worden geschreven. De lezer moest zich meteen met de hoofdpersoon kunnen identificeren. Ik zou dus de tweede persoon enkelvoud moeten gebruiken. Openen met: "Je was er wel en je was er niet". Of nog beter, het moest klinken alsof het iedereen overkomen kon, alsof iedereen het onderging: "Men was er wel en men was er niet". Maar het gebruik van het onbepaalde voornaamwoord stelde me voor taalkundige problemen. Die me in beslag namen zoals schaakopgaven van gemiddeld niveau een middelmatig schaker kunnen bezighouden. Uren gingen op aan alternatieven die een grootmeester in een seconde zou hebben overzien en verworpen. De tijd verstreek. Er was een deadline, die steeds dichterbij kwam. Deze vakantie was eindig. De studio zou worden schoongemaakt en nieuwe gasten zouden dit strijdperk betreden. Alsof ik er nooit geweest was.

Ik wist of vermoedde tenminste dat ik op een helling was en dat ik naar beneden rolde. Er was een zeker besef van gevaar. Ik dronk teveel en ik sliep te weinig, hooguit een uur of vier per dag. Ik zag het wel als een experiment dat ik met mijn lichaam aan het uitvoeren was. Hoeveel alcohol en hoe weinig slaap kon ik aan? Ik zag het als iets dat geen blijvende schade zou veroorzaken en dat ik op ieder gewenst moment kon stoppen. Ik was jong en sterk, zo hield ik mij voor, en mijn lichaam kon dit wel hebben. Het zou gemakkelijk herstellen. Maar de vraag waarom ik dan deze proef moest doorstaan, stelde ik mezelf niet.

's Nachts kreeg ik twee of drie uur diepe alcoholische slaap en dan ontwaakte ik, soms nog voordat het goed en wel licht geworden was. Al was ik dus vroeg in de ochtend in bed beland. Dan was ook de angst het ergst. Ik wist vaak eerst niet waar ik was en even later niet waar ik die nacht vandaan gekomen was. Wie had ik gesproken en tegen wie had ik wat gezegd? Alsof dat van enig belang was. Ik maakte geen vrienden die zomer, was geenszins van plan dat te doen en kon dus tegen iedereen zeggen wat ik wilde in om het even welke toestand. Ik was de schaamte voorbij, maar de angst niet. De angst toch iets verloren, gemist te hebben.

Ik sliep 's middags weer een uur of anderhalf, maar dan heel licht. De droom van de middag ging vrijwel onmerkbaar over in een toestand ergens tussen slapen en waken in. Zodat ik, in die toestand die steeds langer duurde, niet meer goed wist wat ik nou gedroomd had en wat niet. Was er iemand op mijn kamer geweest? Was ik toch mijn bed uit gekomen? Had ik het appartement verlaten? Had ik een wandeling gemaakt? Ik herinner me dat ik droomde...

Ik ben naar buiten gegaan om de een of andere grote tuin te bezichtigen. Een tuin of park dat lijkt op een tuin die ik er daadwerkelijk bezocht heb. Het park lijkt op die tuin, maar is oneindig groter. Het wordt doorkruist door een netwerk van lanen dat niet volgens een enigszins logisch plan is aangelegd. Tussen de lanen is er af en toe een bloemperk, maar meestal een gazon met vergelend gras. Het is snikheet. En dan het ergste: langs de lanen staan jonge boompjes met dunne takken en kleine bladeren. Nergens staat een grotere boom met een volledig zonwerend bladerdak. Er is dus in dit doolhof geen schaduwplek, waar ik zou kunnen uitrusten. Of die plek is te ver weg. Zonnestralen vallen als vlijmscherpe messen uit de hemel, terwijl ik de weg zoek. Waarnaar zoek ik? Niet per se naar een uitgang. Er is het beeld dat er hier ergens een grot is die ik moet en kan vinden. Daar is koelte en stromend water, van een onderaards beekje. En daarin flonkeren grote en kleine, rode, blauwe en groene edelstenen.

Ik merk dat ik niet alleen ben. Zij is bij me. Ik weet niet of ze er al die tijd al geweest is of dat ze net naast me is opgedoken. Het is vreemd om me te realiseren dat ik na de vakantie en vervolgens een groot deel van mijn leven heb gedaan alsof het Lydia is. Maar met de kracht van mijn jaren terugblikkend is de vrouw die daar met mij is toch eerder onbepaald. Wel iemand die ik ken van de middelbare school en die ik toen aantrekkelijk gevonden heb. Maar niet een bepaald meisje. Ik zie haar nu eens met krullend dan weer met stijl haar. De ene keer is ze blond of zelfs rossig, de andere keer zwart. Ik krijg haar gezicht nooit scherp, laat staan haar karakter. Ze is wel mooi, maar verder eigenlijk relatief oningevuld. Ik bespeur dat ze iets van mij verwacht - Dus ik vertel haar dat, dat van de grot, het water en de edelstenen. Ik weet de weg naar deze schat, zij geeft mij het voordeel van de twijfel.

We zijn echter nog lang niet bij ons doel! Ik sla af en zie weer net zo'n laan als de laan van zojuist. Eindeloos lang, al lijkt deze laan in de verte dood te lopen op een heg. Moeten we door de heg heen om de grot te bereiken? Onwaarschijnlijk. Daarachter ligt een geasfalteerde weg te smelten in de blakende zon. Ik besluit een andere laan in te slaan. Hetzelfde resultaat. Onderwijl probeer ik haar zoet te houden met uiteenlopende verklaringen en loze beloftes. Bakerpraatjes, die ze toenemend sceptisch aanhoort. Ik herinner me dat ze me niks verwijt...

Hier of ongeveer hier was er sprake van een mate van ontwaken en geraakte ik in de schemertoestand, die gaandeweg steeds meer weg had van een psychose. Ik meende zelfs een keer een verontwaardigd geroezemoes te horen, alsof men zich verzameld had op de parkeerplaats onder de galerij en men daar over mij aan roddelen was. Ze spraken Nederlands, die mensen, terwijl we toch echt in Frankrijk waren.

De avonden brachten nauwelijks verlichting.

Ik verliet de studio ergens tussen vier uur in de namiddag en acht uur 's avonds, later naarmate de vakantie vorderde. Was ik om een uur of vier naar buiten gegaan, dan zwierf ik meestal een uur of twee doelloos langs het strand. Waar ik vooral waarnam dat anderen van mijn leeftijd zich vermaakten.

Al de eerste dag had ik aan de rand van het stadje een camping ontdekt waar veel van die anderen kampeerden. Het had een terras in de schaduw van hoge platanen met lichtblauwe houten stoeltjes en tafels. Ik heb er vrijwel die hele vakantie gegeten. Het waren over het geheel genomen mijn beste uren van de dag, als de energie terugkwam na de eerste glazen wijn en de rest van de avond nog van alles kon gebeuren. De eerste dagen bleef ik er ook hangen. Vanaf een uur of tien was er iets te doen voor "les jeunes". Dan trad er een bandje op of werden er plaatjes gedraaid en kon er worden gedanst. Ik heb dat zelfs een keer gedaan met een meisje dat een paar jaar jonger was dan ik en dat me uitgedaagd had.

Maar na enkele dagen had ik door dat jeunes in mijn leeftijd het avondprogramma van de camping als "een kindercrèche" beschouwden. De meesten bleken te zijn uitgeweken naar de "Speak Easy". Dit was een centraal gelegen groot lokaal dat overdag de uitstraling had van een grand café. Het terras aan de voorkant zag uit op het strand en de zee. En aan de achterkant openden tuindeuren naar een tweede terras dat door een stenen balustrade werd gescheiden van een mediterrane tuin. De Speak Easy werd 's avonds in een handomdraai verbouwd tot discotheek. Een deel van het meubilair werd opgeklapt tegen de lambrisering gezet en er klom een dj in een houten bak die op een verhoging stond. En vrijwel tegelijk daalde de gemiddelde leeftijd van de klandizie. Rond een uur of elf was de vloer van de jongeren.

Ik was rond die tijd echter al zo dronken dat ik tot niet veel meer in staat was dan neerzijgen op één van de houten klapstoeltjes. Ofschoon ik best knap was, zal het er niet aantrekkelijk hebben uitgezien: een zwetende jongeman die met geloken ogen nors voor zich uit staarde, stevig doordrinkend en de ene sigaret met de andere aanstekend.

Wie het toch waagde me aan te spreken of naast me te komen zitten, kon rekenen op de eerste pagina's van l'Etranger, die ik, ook als ik stomdronken was, nog uit het hoofd kon opzeggen. Nou goed, ik vergat of confabuleerde wel eens een woord, bijzijn, hele zin of zelfs hele alinea - maar er viel niet te ontkomen aan de indruk dat ik de hele novelle van buiten kende. Belle en ik hadden er vanaf een bepaald moment een sport van gemaakt om wat we intensief lazen ook in te studeren.

Of eigenlijk had ik er een sport van gemaakt nadat zij opeens spontaan die fameuze openingszinnen geciteerd had. Ik had gevonden dat ik daarbij niet kon achterblijven. Er had zich zodoende een verzameling literaire teksten in mijn hoofd gevormd, waaruit ik naar believen kon putten. Het bleek een middel met een verrassende uitwerking.

Want het duurde niet lang of men noemde mij of sprak over mij als "Albert" of "Camus". Naar het voorbeeld van een Belg, die mij luid lachend "Camuke" had gedoopt toen ik uitgesproken was.

Het lukte zo een keer om een meisje te versieren, een Nederlandse, die ik in de verste verte niet aantrekkelijk vond. Ze was voortijdig dik, met vette, bleke benen en dito armen die uit haar T-shirt puilden. Om de een of andere reden had men haar aangemoedigd om mij op te zoeken:

-Jij moest maar eens met onze Camus gaan praten!

Ze grijnsde naar me nadat ik het hele eerste hoofdstuk had voorgedragen. Kennelijk een poging om blasé te lijken, alsof ze zoiets verwacht had maar het haar geen zier interesseerde en ze voor belangrijkere zaken was gekomen. Inderdaad waren we binnen de kortste keren aan het tongzoenen. Ongetwijfeld sneller dan zij gedacht had, stond ze even later tegen de muur in het steegje naast de Speak Easy met mijn woeste vingers in haar bikinislip. Ze ging niet mee naar mijn studio, maar stond de volgende dag om tien uur alweer voor me. Ditmaal met een lach die een zekere vertrouwdheid uitdrukte. Ik heb het niet tot een omhelzing laten komen. Ik heb haar tegengehouden en in de ogen gekeken, terwijl ik een zeer vrije, want op maat gesneden vertaling van de laatste bladzijden van l'Etranger ten beste gaf. Ik stopte voor de laatste zin om me alvast te vergewissen van het effect. Dit was geheel conform mijn inzet. Haar vertrouwdheid had plaatsgemaakt voor totale verbijstering.

-Je bent getikt, bracht ze uit. Waarop ik haar in de geest van Camus toevoegde:

-Er blijft me slechts de hoop dat je morgen wanneer ik het schavot beklim, dat je me dan ontvangt met kreten van haat.

-Je bent knettergek, riep ze uit en wist niet hoe snel ze zich uit de voeten moest maken.

Deze actie was niet alleen afdoende om haar voor de rest van de vakantie uit mijn buurt te houden, maar ook de doodsteek voor wat er aan mijn reputatie als Camus grappig of mysterieus geweest was. Zoiets spreekt zich rond. Het leek erop dat men mij voortaan zag als een tot op zekere hoogte gevaarlijke gek, een aankomend schizofreen die tot nog toe aan de psychiater was ontsnapt. Nieuwkomers leken over mij te worden ingelicht. Ik meende te merken dat er over mij gepraat werd en dat er naar mij werd gewezen als men dacht dat ik het niet zag. Niet overdreven trouwens. Ik werd meer gemeden.

Zo kwam het dat ik de avonden in dit grote café grotendeels alleen doorbracht. Het was alsof er een ruit tussen de wereld en mij geplaatst was. Ik maakte evenzeer deel uit van het tafereel daarachter als van een programma op televisie. Een televisie die zacht stond, trouwens. Wat ik hoorde klonk gedempt, alsof het van ver kwam. Ik voelde me verlamd, wilde wel opstaan, maar het had geen zin. Daadwerkelijk was het alsof ik naar een matig interessante documentaire over de menselijke soort aan het kijken was. Gemaakt voor wezens van een andere planeet. Ik hoorde bij deze beelden een commentaarstem dingen zeggen als:

-Zo gauw zij oud genoeg zijn, verlaten de jongen het nest en verzamelen zich om een partner te vinden. De mannetjes maken in die periode buitengewoon veel kabaal, terwijl de vrouwtjes in kleine clubjes naar hen lonken. Zij verminderen de bedekking van hun huid en draaien met billen en borsten. Maar merkwaardig genoeg is de mate van aantrekkingskracht op de andere sekse geen garantie voor veel nakomelingen. Terwijl de aantrekkelijken de show stelen, vormen juist de onaantrekkelijken stabiele koppels. Zij zullen uiteindelijk de meeste kroost verwekken. Dit verklaart waarom het menselijk ras alsmaar lelijker wordt. Enz.

De verlossing van dit alles kwam pas de voorlaatste avond van de vakantie. Een avond die ik slechts als een volgorde van gebeurtenissen kan beschrijven, dat wil zeggen zonder enige overweging of logica.

Ik had wel in de dansende massa voor me iets gezien dat ik meende te herkennen. Het kan een hand, een deel van een arm, een onderbeen met voet of een rokje dat bij een bepaalde smaak paste of dat op een bepaalde manier viel geweest zijn, misschien dat allemaal op verschillende momenten. Het was zeker een bekende beweging of motoriek. Maar ik was ver voorbij het punt dat ik mijn zintuigen nog vertrouwen kon, zodat de gedachte wie ik dan herkende als het ware voor de bewustwording bleef. En geen andere gedachte bij me opkwam dan dat ik toe was aan frisse lucht. Ik stond dus op, wankelde van de drukke dansvloer naar het rustige andere einde van de Speak Easy en stommelde het op dat moment lege terras op. De muziek en de benauwende sigarettenrook achterlatend de koele buitenlucht in. Met mijn handen steunend op de stenen balustrade ademde ik de geuren van de subtropische tuin diep in, die voor me lag in de duisternis.

En er gebeurde iets, misschien wel omdat ik hoorde dat men mijn voorbeeld volgde. Andere mensen kwamen vrolijk babbelend en lachend richting het terras. Ik besefte dat ik hier vooralsnog alleen was en de enige met uitsluitend belangstelling voor de louter zintuiglijke gewaarwording van de koelte en de geuren. Ik had hier weliswaar geen vrienden gemaakt, ik had niet eens op een normale manier kunnen meedoen met de interactie van mijn leeftijdsgenoten, maar ik was anders, ik had een andere, unieke ervaring. Ineens stond mijn spiegelbeeld me voor ogen en ik zag dat ik best een mooie jongeman was: donkere haren, zwarte, vlammende ogen, een smal, gebruind gezicht en slank. Mijn witte hemd met opgestroopte mouwen en de strakke zwarte broek daaronder die even daarvoor nog gekneld had, het zat me nu als gegoten. Ik was:

Dan toch een dichter!

Deze metamorfose was niet wat ik op dat moment nastreefde of zocht, ofschoon ik er allicht naar verlangd had. Zij kwam ook zonder dat ik ervoor geoefend had, omdat ik niet zou hebben geweten hoe dat moest. Ik fantaseerde het niet, ik werd het in niet meer dan een fractie van een seconde. En het kwam precies op tijd!

Want ik heb me omgedraaid en om wie dan ook tegemoet te treden met het volle vermogen van mijn dichterlijke blik. En kijk recht in de ogen van Lydia! Het is Lydia, Lydia en nog eens Lydia die me glimlachend, verbaasd, peilend, welwillend aankijkt.

-François?

-Dag Lydia.

-Ik wist niet dat je hier op vakantie was...

-Ik ben niet op vakantie.

-Nee, men komt hier niet voor zijn plezier, zegt Lydia een beetje spottend.

Er verschijnt anticiperend vermaak op de verder karakterloze smoelwerken van de twee goed uitziende jongeheren die haar vergezellen. Eén aan haar rechterzijde en de ander aan haar linkerhand. Een verhit trio, ze hebben net gedanst.

-Ik ben hier om te schrijven...

-Ah, een dichter!

Haar ogen lachen, ofwel ik ben echt gestoord, zoals ze misschien wel zojuist gehoord heeft, ofwel... Ze zal het zien, ze geeft me het voordeel van de twijfel.

Dus ik stap naar voren, zodat ik in het licht sta dat door de geopende deuren op het terras valt. En ik kijk in haar ogen, terwijl ik mijn arm strek en mijn hand uitsteek zoals sommige heiligbeelden doen, met de handpalm naar boven. Ik weet dat ik haar niet moet aanraken, dat ik dat niet moet willen.

-Ik ben dichter bij jou, zeg ik met een klemtoon die voor haar onverwacht is. Ze probeert haar lachen in te houden. Een zekere verontrusting breekt door op de smoelen van haar begeleiders.

En nogmaals: waar het vandaan gekomen is, ik weet het niet. Ik weet wel dat ik niet naar woorden zal hoeven zoeken, dat ik met gemak zal spreken. Dat ik precies de goede toon zal vinden, zodat onmogelijk te bepalen is of ik mijzelf serieus neem of gewoon een grap maak. De verzen zijn nooit eerder bij me opgekomen. Nooit eerder heb ik zelfs maar iets in die richting gedacht. Maar ik draag voor:

Plaatselijke beweegredenen.

Deze trein is niet de eerste,

Deze trein is niet de laatste.

Zo zal het altijd zijn,

Op ieder station,

Langs elke lijn.

Ik moet overstappen.

Het is voldoende, ruim voldoende. Het werkt. Ze lacht geluidloos, ze laat de hand van de knaap los. Die heeft geen idee wat er aan de hand is, staat erbij, stupéfait.

-Je doet dit vaker? vraagt Lydia.

-Het is gewoon een goedkope versiertruc, verzucht de afgewezen belager. Eveneens een beoogd effect.

De ander legt een hand op haar schouder en fluistert iets in haar oor dat vast ook wel grappig zal zijn. Maar minder gevat dan ik. Ze blijft intussen naar mij kijken. Dan zegt ze met zichtbare tegenzin:

-Ik moet verder. We hebben een afspraak... Maar kom je me opzoeken als je terug in Amsterdam bent?

-Ja, zeker, zeg ik, wat jammer genoeg net iets te gretig klinkt.

Ze verlieten het terras via de tuin.

Ik ben daarna niet lang meer gebleven, heb nog een wijntje gedronken en ben veel eerder dan gewoonlijk naar de studio gegaan. Ik ben naar bed gegaan en heb voor het eerst die vakantie een hele nacht goed geslapen. Ik ben de volgende dag niet meer uitgegaan en heb geduldig de volgende afgewacht, de dag waarop ik zou terugreizen. Ik heb die dagen en ook de weken erna nauwelijks nagedacht omdat mijn overtuiging en mijn toekomst glashelder waren. Ik hoefde niets meer te doen, behalve op het juiste moment op de juiste plaats te zijn. Al het andere zou vanzelf gaan. Er stond mij een leven te wachten, een leven met Lydia. Het stond klaar, het was gereed gezet.

Een paar weken na mijn terugkeer in Amsterdam ben ik bij haar langs gegaan. Niet te snel en niet te laat. Ik wist al lang waar ze woonde, maar nu had ik een uitnodiging. Het was een heerlijke nazomerdag. Het was niet te warm. Ik heb aan de kade voor haar huis gewacht toen zij niet thuis bleek te zijn. Want ik wist heel zeker dat ik haar wel vandaag zou zien. Ik heb heel lang naar het glinsterende water in de gracht gekeken, totdat ze eraan kwam fietsen. Ze was een dagje naar het strand geweest. Ze is afgestapt, ze heeft haar fiets vastgemaakt en toen heeft ze me aangekeken en gezegd:

-Hai François. Ik verwachtte je al.

Elf

Lydia, wat is zonde? Wat maakt iets tot een zonde? En zijn zonden zonder meer ook lelijk, dat is gespeend van schoonheid? Ik geloof toch van niet of wil geloven dat dat niet zo is.

Lelijk (en/want saai) wordt de zonde zo gauw die gedefinieerd wordt als de overtreding van een algemeen geldend gebod of verbod en dus als gedrag. Het leeuwendeel van de Tien Geboden schrijft voor wat je wel moet en niet mag doen. Voorbeelden zijn: "Gij zult niet doden" en "Gij zult geen overspel plegen". Er schuilt weinig schoonheid in die voorschriften, die even duidelijk als noodzakelijk zijn. Wetten en rechtspraak zijn nodig om een gemeenschap van mensen te laten functioneren. Maar zij beperken altijd de mogelijkheden. En ze zijn dodelijk voor de fantasie. Ik bedoel, het enige waarover je kunt discussiëren is of de betrokkene nu wel of niet de moord of het overspel heeft begaan en of hij daarbij toerekeningsvatbaar was. Als echter vaststaat dat hij de misdaad heeft gepleegd, dan is hij ook schuldig. Daar is geen ontkomen aan. Het verbaast me dan ook niet dat juist onze juristen de

omgang met kunstenaars zoeken als tegenwicht voor het
o zo voorname maar kleurloze wetboek.

Schoner wordt de zonde al als in de definitie de nadruk
ligt op het motief. Ook in type zonde voorziet de
christelijke traditie. Wij komen op de zeven
hoofdzonden: hoogmoed, hebzucht, (wel)lust, afgunst,
onmatigheid of vraatzucht, toorn en luiheid of
traagheid. Deze zonden prikkelen de fantasie, want bij
elke daad blijft het speculeren over de cruciale
motieven. Men kan moorden uit woede en hebzucht
maar net zo goed uit afgunst, lust en ijdelheid. Mogelijk
is het zelfs dat men iemand doodt zonder één van de
hoofdzonden te begaan. Dat wil zeggen in het geval dat
er een ander of geen motief is. De vreemdeling in mijn
favoriete boek l'Etranger van Camus heeft geen motief
of niet één dat zomaar kan worden herleid tot één van
de hoofdzonden. Hij is schuldig voor de wet, maar is hij
ook schuldig in de zin dat hij een hoofdzonde heeft
begaan? Je ziet het: het begrip van zonde als motief, als
gevoel of als drang noopt tot (zelf)reflectie en opent de
poorten naar de zalen van de speculatie en
beschouwing. Maar wat is het als wij ons overgeven
daaraan? Wanneer we ons verheugen in onze fantasie,
ermee pronken? Is dat dan geen ijdelheid? Een boek
schrijven zoals ik gedaan heb: Lydia, was dat mijn
zonde?

Er is nog een oudere en veel schonere zonde. Zij bestond al lang voor de Tien Geboden. De oude Germanen en de Grieken kenden haar. Zij is geen overtreding van een regel die voor alle mensen zou gelden, zij kan noch vooral als zondig gedrag noch vooral als zondig motief worden omschreven. Zij verhoudt zich tot de zonde van het gedrag en die van het motief als de top of de onderkant van een driehoek indien men de laatste twee in de andere punten plaatst. Het gedrag zowel als het motief voor deze zonde kunnen puur en nobel zijn... Voor een beter begrip van dit type zonde wenden we ons tot de mythe van Orpheus en Euridice. Een geschiedenis die opmerkelijke parallellen zal blijken te hebben met de onze, Lydia.

Orpheus was een groot zanger. Jawel, hij was een kunstenaar. En als hij zong en zijn lier bespeelde dan waren het niet alleen de goden en de mensen die moesten wenen. De dieren vleiden zich aan zijn voeten. De wind hield zijn adem in. De wereldzeeën vergaten te drinken uit de rivieren. Men beweert dat dan geen vogel meer floot en dat zelfs de bergen zich voorover bogen. Geen wannabee dus, maar een groot artiest, die in staat was alles wat leefde in vervoering te brengen en het levenloze te bezielen. Men kan zich voorstellen dat zo'n man reeds gelukkig is, maar zijn geluk kende geen grenzen toen hij bovendien de mooiste aller nimfen zou trouwen. Zij heette Euridice.

En daar begint zijn drama. Want op hun trouwdag wordt Euridice gebeten door een slang en sterft. Over het hoe en waarom van deze beet verschillen de meningen, wat alles te maken heeft met dat die oude Grieken er wel pap van lustten... Hoe dan ook verdwijnt zij naar het rijk der schimmen. Orpheus is ontroostbaar.

Dan doet hij wat geen mens nog voor hem gedaan heeft en gaat hij waar geen levend wezen voor hem is gekomen. Zingend en lier spelend slaagt hij erin binnen te dringen in het dodenrijk en tot voor de troon van Hades en Persephone te komen, koning en koningin van de onderwereld. Ook zij worden bewogen door zijn spel. Hoe kan het ook anders? Door zijn spel komen de andere mythen tot stilstand. Geen gier belieft nog de lever van Prometheus. Tantalus smacht niet langer naar water en Sisyphus is op zijn steen gaan zitten: luisterend, peinzend, als De Denker van Rodin. Hades neemt een besluit, een eenmalig besluit, zoals hij er later nooit meer één zal nemen. Orpheus mag Euridice meenemen uit de onderwereld op voorwaarde dat... En nu let op: op voorwaarde dat hij op de terugweg niet omkijkt! We hebben nu de drie belangrijkste componenten van de mythe: de kunstenaar, die zijn vrouw eerst verliest maar terugwint op voorwaarde dat hij niet omkijkt. Denk na! Komen ze je niet bekend voor - al zal ik niet beweren dat ik zo'n geweldig artiest ben. Wel heb ik je vele malen verloren en weer teruggevonden. En jij zei steeds dat je niet wilde dat ik op zoek ging naar de verloren tijd...

Welnu, Orpheus weet dit. En toch, hij draait zich om, vlak voordat ze het zonlicht bereiken. Waarom hij dit doet, is nu niet meer met zekerheid vast te stellen. De één meent dat hij bezorgd is omdat hij niets achter zich hoort, geen ademhaling, geen geritsel van bladeren. Er wordt gezegd dat het aardedonker en muisstil was op de terugweg en dat zij niet antwoordt als hij haar roept. Is hij bang dat zij ergens achtergebleven is, dat zij hem niet heeft kunnen bijbenen en nu verdwaald is? Of verdenkt hij Hades ervan hem een kunstje geflikt te hebben, dat die Euridice stiekem bij zich gehouden heeft? Wantrouwt hij de strenge god aan gene zijde van de Styx? De meesten houden het erop dat hij het niet langer volhoudt om haar niet te zien. Dat hij omziet uit liefde. We zullen het nooit weten. Wat we wel weten is dat zij daar wel is en meteen achterover de diepte in tuimelt. Zijn handen grijpen in de nevel en haar hand is ongrijpbaar wanneer zij opnieuw de onderwereld in stort.

Lydia, een tiental jaren geleden bleef ik alleen achter in Die, in Zuid-Frankrijk. Ik zou teruggaan met de trein, jij nam de auto. We hadden nogal ruzie gemaakt.

Ik herinner me die dag nog goed. Ik voelde me niet lekker, was een beetje koortsig. Het was regenachtig, maar af en toe brak de zon door... Ik zat het grootste deel van de dag op het terras met uitzicht op de kathedraal en de parking ervoor. Mijn fantasie sloeg op hol en natuurlijk waren er een pen en een opschrijfboekje. Ik had een visioen en maakte aantekeningen voor wat uiteindelijk het laatste hoofdstuk van mijn roman is geworden. Je kunt het nalezen. En daarna heb ik je gebeld. Ik meldde je juichend: "Ik ben eraan begonnen!" Want ik had het al vaker over een roman schrijven gehad, je wist ook waar die over zou gaan.

Je reageerde geenszins enthousiast. Je reageerde als een schaduw van jezelf. Alsof iets je van mij wegtrok. In de jaren daarna tastte ik naar een hand die ik nooit meer te pakken kreeg.

Had ik een misdaad begaan? Nee, niet in de zin van de wet, althans totdat een proces het tegendeel bewijst. Over mijn motieven kun je het hebben. Het was geen wellust die mij dreef en ook vraatzucht en hebzucht zijn geen waarschijnlijke beweegredenen. Gemakzuchtig was de onderneming waaraan ik begon zeker niet! En ik zou niet weten op wie ik afgunstig was. Maar ijdelheid? En misschien toch ook toorn? Dat laatste toch zeker niet genoeg om mij met zo'n grote zondelast te beladen. En ik zou hebben gezegd dat tegenover mijn hoogmoed de nobelste aller motieven stond: de wens een boeiend

verhaal te vertellen en daarmee de mensen te amuseren.
Ja, zelfs liefde voor ons, onze geschiedenis en die van
alle mensen... Maar wie kent zichzelf?

Toch wist ik vanaf het begin dat ik een gebod overtrad.
Het was een onzinnig gebod, speciaal voor mij
uitgevaardigd door de een of andere grillige god. Diep
in mijn hart wist ik dat het desalniettemin goddelijk was,
terwijl ik me wijsmaakte dat het best kon wat ik deed,
dat ik een uitzondering was en dat het wel goed zou
komen. Ik wist het, net als Orpheus, maar kon de
verleiding niet weerstaan. Ik kende het gebod en de
straf. Sterker nog, het was precies hetzelfde. Gij zult niet
achterom kijken. Je krijgt nog een kans - maar waag het
niet je om te keren, want dan zal ze terugvallen in de
diepte, in de duisternis...

Het is zinloos om te speculeren over de motieven van
Hades, die wel een god is, maar in dit verhaal zeer
menselijk. Die een god is en daarom onvoorspelbaar. Je
zou je kunnen afvragen of hij met dit gebod zich wilde
laten gelden, daar waar hij een uitzondering had
gemaakt. Wat maakt het uit? Hij heeft Orpheus niet
weer toegelaten in de onderwereld. Charon en Kerberos
hadden duidelijke instructies gekregen, zoals dat gaat
bij veiligheidsdiensten na incidenten. Orpheus kwam er
niet meer door. Alleen in de dood, als schim, zou hij zich
later weer verenigen met Euridice.

Dit is geen schuldbekentenis. En ik pretendeer niet dat we een schoonheidsprijs verdienen voor hoe het gelopen is. Dit is allemaal om te zeggen dat dit geen schreeuw uit de diepten is. Het is een schreeuw in de afgrond. Er komt van daar nooit meer antwoord.

Het is een brief die ik eerder geschreven heb. Maar ik heb hem nooit voorgelezen of iets dergelijks tegen haar gezegd.

Want Lydia's ogen zijn half geopend. En er komt een gelig vocht uit haar mond. Zij leeft niet meer. Zij is ontslapen.

Anneke is er binnen enkele minuten. Ik heb haar niet opgeroepen. Het is alsof ze de dood geroken heeft.

-Haar partner en haar broer moeten worden gebeld, constateert ze met professionele bezorgdheid.

-Ik vind het prettig als jij hen verwittigt... Ik zeg het met de juiste Vlaamse tongval.

-Doe ik, zegt ze met een vastbeslotenheid die ten opzichte van totale verslagenheid gepast zou zijn geweest.

Maar ik ben niet verslagen. Ik weet precies wat me te doen staat.

Veel tijd is er niet meer. Weldra zullen de man en Paul hier zijn. Ik kijk nog even naar Lydia nadat Anneke de kamer uit is. Ze ligt er uitgezogen maar kalm bij. Zo stil dat het een foto lijkt. Genomen in een tijd die jaren achter mij ligt. We hebben bij elkaar gehoord, in een vorig leven.

De beslissing is genomen, wanneer precies weet ik niet meer. De enige juiste beslissing als je er niet te lang over nadenkt - zoals ik. Ik beslis zoiets in een fractie van een seconde om er nooit meer op terug te komen.

Ik maak me uit de voeten voordat de man en Paul arriveren. Ik verdwijn uit het ziekenhuis alsof ik er nooit geweest ben. Ik zweef weg door glanzende gangen, word vluchtig in hagelwitte uniformen, los op in een zevental gesprekjes in de hal. Ik zal de man noch Paul ooit weer spreken, ik zal haar crematie niet bijwonen, ik heb zelfs geen condoleance geschreven. Nee, voor mij geen tribunaal. Ik heb mijn schaduw meegenomen in de taxi. Wat achterblijft, is een halfleeg parkeerterrein voor een provinciaal ziekenhuis dat schittert in het zonlicht.

Amsterdam, 30 april 2013, de laatste Koninginnedag

Verantwoording

De verzen op pagina 52 zijn naar "Onsterfelijk", een gedicht van Cees Vleer.